금빛 행복을 드리는,
트로트 가수 금잔디입니다

금빛 행복을 드리는,

트로트 가수 금잔디입니다

금잔디 지음·스토리베리 구성

STUDIO:ODR

세 잎 클로버의
행복

사람들이 살아가는 동안 가장 원하는 게 뭘까? 행복이 아닐까? 나도 예전에는 막연하게 돈을 많이 벌면, 성공하면, 유명한 가수가 되면, 행복해질 것이라고 생각했다. 그런데 조금씩 나이를 먹고 경험이 쌓이면서 무언가를 이루거나 어떤 사람이 되는 것이 꼭 행복의 필수 조건은 아니라는 생각이 들었다. 행복의 규칙은 단순했다. 행복할 줄 아는 사람이 행복하다는 사실이다! 내가 이것을 좀 더 일찍 알았다면 좋았을 텐데. 하지만 이제라도 알았으니 다행이다. 미래의 행복을 좇아가느라 현재의 행복을 놓치는 일을 좀 덜하게 되었으니 말이다.

내가 가장 행복한 순간을 떠올리면 여러 장면이 있지만 역시 노래를 빼놓을 수가 없다. 호기심이 많아서 이것저것 다 해보고 싶지만 딱히 흥미를 느끼는 게 노래 빼곤 없었다. 지금도 무대에 서면 '그래, 이거지. 내 행복은 이거였지!'라고 온몸이 찌르르 울릴 정도로 감사한 마음이 든다. 그러나 내 행복에는 역설과 반전이 있다.

"시간을 거꾸로 되돌려서 이 인생을 다시 똑같이 살래?"

누가 물으면 고개를 휘휘 젓기 때문이다. 노래 때문에 행복했지만, 노래를 부를 수 있는 여건을 만들기 위해 수없이 고달픈 경험을 해서인지 모르겠다. 굉장히 힘들었던 순간, 이를 악물고 버텼던 시간을 떠올리면 정말이지 "두 번은 절대 사양합니다!"라고 말하고 싶다. 스스로 내 삶의 길을 개척해 왔다는 보람도 물론 크다. 그러나 살아남기 위해 가시바퀴를 죽도록 돌려야 했던 아픔도 적지 않게 남아 있다. 그래서 나에게 자문자답해 볼 때가 있다.

"잔디야, 부유한 집에서 태어났으면 만족했을까?"
"아니. 만약 그렇다면 지금의 금잔디는 없잖아."

금빛 행복을 드리는, 트로트 가수 금잔디입니다
·

6

"그럼 노래를 포기했으면 덜 힘들었을까?"

"아니. 노래 없는 내 인생은 상상이 잘 안 되는걸."

부모의 사랑을 살뜰하게 담뿍 받지 못했다는 아쉬움을 느끼는 것도 사실이고, 재능을 뒷받침해 줄 만큼 넉넉한 후원을 받지 못한 것도 사실이다. 그러나 이 모든 게 내 인생이고, 내가 살아온 역사니 있는 그대로 인정하는 수밖에 없다.

배짱이 좀 생기는 날엔 과거의 일을 떠올리며 서글퍼하기보다 '그래서 뭐 어쩌라고?'라는 마음도 든다. 우울감에 빠지는 날엔 흑역사를 소환하지만 이런 시간 저런 시간이 모이고 쌓여서 지금의 내가 되었다는 사실만은 변하지 않는다. 좋았던 일도 힘들었던 일도 조각 퍼즐 맞추듯 합쳐져서 현재에 이르렀을 테니 말이다. 그것을 알면서도 가끔은 다른 삶을 꿈꾸는 건, 그것이 가지 않은 길이기 때문일 것이다. 없었기에 가져보고 싶은 마음에서 말이다.

누군가는 행운을 손에 쥘 수 있는 기회가 많았는데 왜 적극적으로 손을 뻗지 않았느냐고 한다. 그런 말을 들을 때마다 세 잎 클로버를 떠올린다. '클로버' 하면 흔히 행운의 상징으로 불리는 네 잎 클로버를 떠올릴 것이다. 그러나 나는 세 잎 클로버를 생각한다. 네 잎 클로버의 상징은 '행운'이지만, 세 잎 클로버는 '행복'이기 때문이다. 내 삶에 한 번의 큰 행운이 찾아오길 바라기보다 작은 행복을 자주 느끼며 살고 싶다.

　솔직히 내가 욕심이 없는 성격은 아니다. 없었던 것이 많았기에 가져보고도 싶었고, 빈 것이 많았기에 가득 채우고도 싶었다. 이겨보고 싶었고, 승부욕도 컸다. 그래서 있는 힘껏 노력했다. 가져도 봤고, 나눠주기도 했다. 그러나 길지 않지만 짧다고도 할 수 없는 지금 이 나이에 지난 삶을 돌아보니 이것 하나만은 확실하게 말할 수 있다. 행운의 네 잎 클로버에 매혹을 느끼긴 했지만 네 잎 클로버를 찾으려고 세 잎 클로버를 짓밟으며 살지는 않았다고. 흔하게 피어 있는 세 잎 클로버의 행복이, 드물게 찾게 되는 네 잎 클로버의 행운보다 내겐 더 소중했다.

　삶의 목적을 행복에 두면 오히려 불행해진다는 소리를 들은 적이 있다. '행복한가? 아닌가?'가 절대적인 기준점이 되어버려서 더 큰 행복, 더 많은 행복을 원하게 되기 때문에 역설적으로 불행을 느끼게 된다는 것이다. 그래서 나는 멀리 있는 행복이 아니라 내 옆에 있는 행복, 일상의 소소한 행복을 누리는 데 넉넉해지고 싶다. 봄날의 햇살과 부드러운 바람, 뜨거운 여름날 마시는 시원한 아이스 카페라테, 가을의 낙엽 냄새, 겨울의 따뜻한 방바닥 그리고 누군가의 다정한 말 한마디. 이런 작은 것들이 나를 행복하게 한다. 추상적이고 거창한 행복보다 내 손으로 만지고 느끼고 몸에 와닿는 구체적이고 작은 행복이 더 좋다.

내 노래를 들으신 분들에게 드리고 싶은 것도 바로 이런 행복이다. 팍팍한 인생에 노래가 있어서, 노래 덕분에 내가 조금 더 관대하고 너그러운 사람이 되었기에 그 고마움을 노래로 돌려드리고 싶은 것이다.

"노래는 자식과 같다."
"가수는 무대와 결혼한 사람이다."

선배님들은 종종 이런 말씀을 하셨다. 노래와 무대에 대한 진심이 담겨 있는 말이라고 생각한다. 결혼을 하지 않았고 아이를 낳아본 적도 없지만 나도 노래만 생각하면 이런 심정이 들어서 그 어떤 일보다 진지해지고, 노래 한 곡 받는 일에도 신중해진다. 첫 번째 곡은 첫 번째 아이고 두 번째 곡은 두 번째 아이다. 열 손가락 깨물어 안 아픈 아이가 없다는 말처럼 히트곡이 되었든 묻힌 곡이 되었든 내게는 모두 똑같이 사랑스럽고 아름다운 내 아이들이다.

노래를 시작했을 때부터 이런 생각을 자연스럽게 했던 것 같다. 내가 가수인 건 맞지만, 단순히 가수를 직업으로 생각하는 것 이상의 마음이 항상 강하게 있다. 그래서인지 노래를 돈을 버는 수단으로만 생각하는 사람들을 만나면 마음이 슬퍼진다. 어떨 땐 화도 좀 난다. 사람마다 자신이 부르는 노래에 대한 마음이 다르고, 가수라는 역할 또는 직업에 대한 생각도 다르겠지만, "아이돌 가수가 되고 싶었는데 어쩌다 트로트 가수가 됐어요"라는 식의 말을 들으면 순간적으로 섭섭해질 때가 있다. 그 사람이 어떤 마음으로 그런 말을 했는지 헤아리기도 전에 '트로트가 얼마나 깊은데 그걸 모르네!!!'라는 아쉬움이 드는 것이다.

어렸을 때부터 노래 부르는 게 좋았다. 특히 트로트를 부를 때면 신이 났다. 집에 동네 어른들이 놀러 오시거나 마을 잔치라도 열리면 숟가락을 잡고 목청을 높였다. 어른들 눈에는 쪼그만 여자애가 목을 꺾어가며 '불러재끼는' 모습이 귀여워서 "고놈, 참 잘한다! 잘해!" 해주셨겠지만 그런 칭찬을 들으면 마치 가수라도 된 듯 더욱 어깨가 으쓱해졌다. 다른 노래를 부를 때보다 트로트를 부를 때 열화와 같은 호응을 받아서인지 어릴 적부터 트로트가 좋았고 별다른 선입견도 없었다. 오히려 나에게 잘 맞는 노래, 내가 잘 부를 수 있는 노래가 트로트라고 생각했다.

트로트는 참 신기한 장르다. 모든 음악 장르가 사람의 정서를 담고 있지만, 트로트만큼 삶의 희로애락과 애환을 구성지게 담는 노래가 또 있을까. 최근엔 신나고 경쾌한 트로트도 많아졌는데 전통적으로 트로트는 여성의 한을 표현하는 데 특화된 노래인 것 같다. 가부장제도 안에서 차마 말로는 다 표현하지 못할 가슴앓이를 때로는 독백처럼, 때로는 편지처럼 읊조리며 여성들의 마음을 대변해 왔다.

좋은 노래는 곡과 가사가 함께 어우러져서 탄생한다. 곡도 좋아야 하지만 가사도 좋아야 한다. 단순히 아름다운 멜로디와 고운 노랫말을 말하는 게 아니라 그 시절에 맞는 노래가 있다. 거기에 그 노래에 어울리는 음성이 찰떡처럼 합쳐지면, 더할 나위 없는 명곡이 탄생하는 것이다. 모두 배고프고 굶주리던 시대의 노래와 풍요 속의 빈곤을 말하는 시대에 나오는 노래는 다를 수밖에 없다. 음악은 시대를 반영한다고 하지만, 특히 트로트는 그 어떤 장르보다 대중 가까이에서 함께 울고 웃고 호흡해 왔다. 그런 트로트를 사랑하고 애청하고 심지어 가수가 되어 부르기까지 하다니, 이런 복이 또 있나 싶다.

내가 원하는 것은 트로트 스타나 유명 연예인이 되는 게 아니다. 살아 있는 생활이 짝짝 묻어나는 노래, 사람을 들었다 놨다 하다가 종국에는 마음 한구석을 찡하게 울리는 노래, 누군가에게 편안한 그늘 같은 휴식처가 되어주는 노래, 행운의 네 잎 클로버보다 행복의 세 잎 클로버 같은 노래, 이렇게 좋은 노래들을 꼬부랑 할머니가 되어서까지 계속해서 듣고 부르는 것. 오직 그것이 예나 지금이나 변함없는 나의 꿈이다.

저를 아끼고 사랑해 주시는 여러분,
앞으로도 여러분 옆에서 울고 웃으며
여러분이 주신 사랑, 노래로 보답하겠습니다.
제 노래가 여러분의 작은 행복이 되기를.
제 마음이 한 사람의 마음에 따뜻한 온기가 되기를.
제 미소가 누군가의 삶에 다정한 위로가 되기를.
제 음성이 우리의 등을 밀어주는 응원이 되기를.
트로트 가수 금잔디로 살아가며

금빛 행복을 드리는, 트로트 가수 금잔디입니다
·

여러분 옆에 있겠습니다.

고맙습니다.
사랑합니다.

2024. 봄

금잔디 드림

목차

3부 • 세상에 나의 자리를 만든다는 것

1부   인생은 트로트처럼

01

인생은
트로트와 같다고들
하지

며칠 전, 엄마에게 전화가 왔
다. 아픈 데는 없는지 밥은 먹었는지 일상의 소소한 안부를
묻고 건강 잘 챙기라는 당부로 통화를 마쳤다. 솔직히 말하자
면 나는 그리 살가운 딸은 아니다. 엄마에게 있는 얘기 없는
얘기 다 하면서 애교를 부리거나 투정을 부리는 일도 거의 없
다. 어떨 때는 엄마의 전화가 반갑지만, 어떨 때는 짜증 나고,
어떨 때는 무심하고 싶지만 무심할 수가 없어서 일부러 받지
않는다. 받으면 틀림없이 화를 낼 것 같아서……

한때는 낳아주신 부모님을 원망하기도 했다. 부모님은

스무 살에 결혼해서 나를 낳았다. 내가 스무 살 때는 애기나 다름없었는데 부모님이라고 뭐가 달랐을까. 애기가 애기를 낳은 것과 같았을 테다. 두 살 터울 연상연하 부부여서 좋은 점도 있으셨겠지만, 바로 같은 이유로 많이 싸우셨다. 젊은 부모님은 친구 같아서 좋기도 했으나 의지가 되지 않는 점도 있었다. 미성숙한 시기에 부모가 되었으니 당신들도 얼마나 고되었을까. 그럼에도 부모님을 지켜보는 내 입장에선 일찌 감치 철이 들어야 할 만큼 착잡한 일도 많았다. 노래로 돈을 벌기 시작하면서부터는 부모님에게 의지하거나 손을 벌리는 일은 아예 생각도 하지 않았고, 오히려 가족은 내가 부양하고 책임져야 할 몫이라고 여겼다.

아버지는 택시 운전을 하다가 친구분과 관광사업을 시작 하셨는데 뜻대로 풀리지 않아서 빚만 잔뜩 졌다. 그리고 그 빚은 고스란히 내 몫이 되었다. 집안의 빚을 갚느라 할 수 있 는 모든 일을 했던 것 같다. 갚아야 할 돈을 생각하면 숨이 목 에 턱턱 걸렸다. 자다가도 벌떡 일어나 한참 동안 숨을 몰아 쉰 후에야 다시 잠이 들었다. 등골이 휘도록 일을 해도 빚은 줄어들 기미가 보이지 않으니 마음이 조급할 수밖에 없었다. 눈을 가린 경주마처럼 '빚을 갚아야 한다'는 생각 하나만 하면서 미친 듯이 달렸다.

가수로 어느 정도 이름을 얻은 뒤에도 크게 달라진 것은 없었다. 갑자기 낯선 번호로 불쑥 전화가 걸려와 "네 아빠가 진 빚이니 네가 갚아야지"라는 말을 듣기도 했다. 이런 일이 몇 번 반복되자 휴대폰 소리만 들어도 심장이 벌렁거렸다. 낯선 번호가 뜨면 빚쟁이인가 싶어서 선뜻 휴대폰을 열지 못했다. 집안의 빚이 어느 정도 해결되고, 부모님이 지낼 수 있는 작은 집을 하나 마련해 드린 후에야 한숨 돌릴 수 있었는데 이렇게 된 게 얼마 지나지 않았다. 최근 회귀한 주인공이 과거와는 다른 선택을 하는 드라마를 보았다. 나는 다시 그때로 돌아간다면 다른 선택을 할 수 있을지 모르겠다. 누가 자꾸 나를 폭포 아래로 떠미는 것만 같은 마음으로 살아와서인지 그저 그 시절을 잘 버텨낸 것만으로도 고마울 뿐이다.

요즘엔 아버지가 나에게 용돈을 보내주신다. 그동안 고생시켜서 미안하다고, 고맙다고, 전화를 끊기 전에 이 말을 꼭 하신다. 집안의 빚을 갚느라 청춘을 저당 잡힌 딸을 생각하는 부모님 마음을 모르는 바 아니지만 나도 달달하게 애교를 부리는 딸은 아니라서 무뚝뚝하게 대답하고 만다. 살갑게 말하는 게 쑥스러워서 그럴 뿐 속정은 깊고 뜨겁게 간직하고 있다는 것을 알아주시면 좋을 텐데. 노래로 감정을 표현하는 일은 할 만한데, 언어로 표현하는 일은 참 어렵다. 나이가 이 만큼 들었어도 어려운 일은 여전히 어려운 일이다.

언젠가 한 인터뷰에서 "인생이 무엇과 닮은 것 같은가?" 라는 질문을 받은 적이 있었다. 나는 '트로트'를 닮았다고 말했다. 누가 트로트 가수 아니랄까 봐 그렇게 답했냐고 웃더라도 이보다 더 좋은 대답을 찾기는 어려울 것 같다. 트로트는 다양한 매력을 가지고 있는 노래다. 사람들을 단번에 사로잡아 때로는 웃음을 안겨주고 때로는 눈물을 흘리게 만든다. 트로트의 멜로디는 시작부터 끝까지 변화무쌍하다. 어느 순간은 밝고 경쾌한 리듬으로 마음을 흔들다가 또 다른 순간에는 서정적이고 감동적인 가사로 눈물짓게 한다.

인생이 트로트와 같다고 하는 이유도 마찬가지다. 작은 사건 하나로 우리의 인생이 순식간에 변할 수 있기 때문이다. 부모님과의 전화통화, 친구들과의 만남, 맛있는 음식, 달달한 아이스 카페라테 등 일상의 소소한 일들을 누리다가도 문득 감사한 마음이 들 때가 있다. 이 당연한 것을 당연하게 누리지 못하던 때가 있었다. 갑자기 무대가 사라졌고, 엄청난 두통과 우울감에 시달렸다. 아주 오래전도 아니고 바로 몇 년 전의 일이다.

코로나19라는 팬데믹이 전 세계를 덮쳤던 시기, 눈물과 우울감이 나를 덮쳤다. 처음엔 설 수 있는 무대가 없어서 그런 줄 알았다. 매일 바쁜 스케줄을 소화하다가 예정된 일들이 수십 개가 취소되더니 들어오는 행사가 하나도 없어졌다. 모두 힘든 시기였으므로 나도 조금만 버티면 괜찮아질 줄 알았다.

그러나 '정지된 상황'은 내 안의 무언가를 건드린 방아쇠였을 뿐 본질적인 문제가 아니었다. 하나가 쓰러지면 와르르 무너지는 도미노처럼 마음 어딘가에 켜켜이 쌓여 있던 감정이 걷잡을 수 없이 무너졌다. 앞만 보고 달려오다가 갑자기 멈춰 서서 어디로 가야 할지 모르는 경주마처럼, 트랙에서 벗어나 헛발질만 하는 것 같았다. 공허했다. 허탈했다. 몸도 마음도 많이 아팠다. 며칠째 커튼을 닫은 채 어두운 방 안에 혼자 있었다. 씻고 먹고 자는 일상적인 일마저 귀찮았다. 몸은 죽도록 피곤한데 잠이 오지 않았다. 좋아하지도 않는 드라마를 몰아 보며 시간을 보냈다. 억지로라도 정신을 놓고 몰입할 것이 필요했다. 그렇지 않으면 머릿속에서 비난하는 목소리가 나를 잡아먹을 것처럼 크게 울렸다. 하루 24시간을 따라

다니는 그 목소리는 너무나 익숙했다. 바로 내 목소리였다.

가만히 있어도 눈물이 났다. 눈물이 나는 데 이유는 없었다. 잠에서 깨어나면 눈물이 났고 잠이 오지 않아도 눈물이 났다. 억지로 잠을 청하려고 몸을 누이거나 멍하니 앉아 있을 때 눈물은 시도 때도 없이 나를 습격했다.

'이러면 안 돼. 연습이라도 하자.'

마음을 다잡고 아무 노래나 부르려고 해도 내 목소리가 예전처럼 풍성하지 않았다. 음을 잡아내는 데도 힘이 들었고, 고음을 내려고 할 때는 목이 메었다. 그동안 내 목소리는 감정을 표현하는 데 최고의 수단이었는데, 이제는 나조차 내 안의 노래를 듣지 못하는 듯했다. 무언가가 마음 깊숙한 곳에 가시처럼 박혀 있었다. 이게 뭐지? 내 안에 박혀 있는 것을 찾으려 했지만 그게 무엇인지 짐작조차 할 수 없었다. 노래를 부를 때마다 그 뭔가가 내 목소리를 잠식하고 있다는 것만 느낄 뿐이었다. 그저 하염없이 무력감과 좌절감에 빠져들었다.

나는 노래를 부를 때 내 안의 모든 것을 표현할 수 있었고, 그것이 나를 더 강하게 만들어 주었다. 노래는 나에게 힘이 되었고, 마음을 표현하는 수단이었다. 노래를 통해 내 안의 감정을 표현하고, 또한 다른 사람들에게 전달할 수 있었다. 그리고 그 감정이 공감과 응원으로 돌아왔을 때, 나는 더 큰 힘을 얻었다.

　그런데 어느 순간, 내 안에서 노래가 멈춰버린 것 같았다. 세상에서 노래 부르는 것을 가장 좋아했던 금잔디, 노래를 부르면서 살 수 있다면 다른 것은 상관없었던 금잔디, 살기 위해 악착같이 노래했던 악바리 금잔디, 남들에게 손가락질받을 만한 일을 하지 않으려고 노력했던 금잔디, 어깨를 펴고 다니던 당당한 금잔디는 어디에도 없었다. 동굴 속에서 상처를 핥는 짐승처럼 방 안에 박혀 움츠리고만 있었다. 거울에 비친 퀭한 얼굴은 무기력한 모습 그 자체였다. 얼굴을 양손으로 감싸며 눈을 질끈 감았다.

　오직 노래만 부르면 된다는 간절함 하나로 버티며 살아온 날들이었다. 숨죽이며 눈물을 삼킨 날도 있었지만 대중의 환호성을 들으며 환하게 웃던 날도 있었다. 힘들어도 노래를 부르면 마음이 가라앉고, 모든 걱정과 근심이 사라지곤 했다. 노래하는 것이 즐거웠고, 음악이 나의 친구였다. 마음껏 노래를 즐기던 그 시간들은 도대체 어디로 가버렸단 말인가. 쉴 틈 없이 달리기에도 숨 가쁜 날들이었기에 옛일은커녕 어제일도 돌아볼 틈이 없었는데 언제 이렇게 시간이 흘렀는지, 마음은 앳된 20대인데 몸은 어느덧 40대가 되어 있었다.

"이대로 가수 인생이 끝장나면 어떡하지?"

덜컥 겁이 났다. 노래만이 내 인생의 유일한 기쁨이자 커다란 의미였는데, 앞으로 노래를 계속 부를 수 있을지 혼란스러웠다. 생각이 많아지던 이때, 처음으로 내가 살아온 날들을 제대로 돌아보자는 마음이 들었다. 멈추면 비로소 보이는 것들이 있다더니, 나야말로 딱 그런 상태였다. 꿈과 열정으로만 가득 찼을 뿐, 작고 여리던 내가 어떻게 여기까지 올 수 있었을까? 아직은 금잔디가 되기 전, 앳된 아이였던 시절 먼바다를 돌고 돌아 고향의 강물로 거슬러 올라가는 연어처럼, 마음이 가는 대로 어릴 적 나의 발걸음을 되짚어 보기 시작했다.

금빛 행복을 드리는, 트로트 가수 금잔디입니다

02

내 고향
홍천의 산과 강을
닮았네

나는 강원도 홍천에서 태어났다. 봄에는 철쭉, 가을에는 단풍이 아름다운 곳이다. 여름엔 시원하고 겨울엔 눈이 많이 내린다. 봄, 여름, 가을, 겨울 사계절 모두 절경이라 어느 하나를 손꼽을 수가 없다. 홍천의 자랑을 손에 꼽으려면 열 손가락 열 발가락이 부족하지만 그중에서 가장 먼저 떠오르는 것은 팔봉산이다. 홍천의 상징과도 같은 팔봉산은 두 번 놀라는 산으로 유명하다. 처음엔 고즈넉하게 물결치며 끊어질 듯 이어지는 산세의 아름다움에 헉, 놀라고 다음엔 만만하게 생각했던 산행이 생각보다 힘든 탓에 숨이 차서 턱, 놀란다.

신라 성덕왕 때 원효대사가 창건했다는 천년고찰 수타사는 또 어떤가. 잠시 머무르기만 해도 마음이 차분하게 가라앉고 속세에서 발발거리며 흥분했던 감정이 은은한 종소리처럼 평온해진다. 화양강 또한 빼놓을 수 없다. 수심이 얕고 강변이 넓어 물놀이를 하기 좋은 곳도 많지만 강 한가운데는 수상스키와 제트스키를 제대로 즐길 수 있을 만큼 수심이 깊다. 무려 143킬로미터에 이르는 장구한 물결이 청평으로 이어진다.

홍천의 명물을 자랑하려면 한도 끝도 없는데, 홍천 출신으로 트로트를 20년 넘게 불러왔다는 이유로 이제는 나도 '홍천의 명물'이 되었다. 감히 내가 고향의 명물로 불린다니, 부끄러우면서도 감사한 마음이 크다.

"노래를 어쩜 그렇게 자연스럽게 잘해요?"

지역 행사에 가면 찾아오신 많은 분이 이런 칭찬을 해주신다. '가수에게 노래를 잘한다는 말이 칭찬인가?'라고 생각하는 분들도 있겠지만, 순수한 표정으로 진심을 담아 해주시는 말을 들으면 이보다 더한 칭찬이 없는 것 같다. 이런 말을 들은 날은 자연스럽게 부른다는 것에 대해 생각해 보곤 한다.

누군가는 트로트가 부자연스러워서 싫다고도 한다. 담담하게 불러도 되는 노래를 쥐어짜는 것처럼 어깨에 뽕을 넣은 듯, '뽕끼'를 한껏 넣어 부른다는 것이다. 어떤 노래는 그리 들릴 수도 있겠다. 하지만 트로트가 기교로 범벅된, 자연스러움을 상실한 노래라고 생각한다면 그것은 정말 큰 오해이다. 누가 부르느냐에 따라 달라지고, 어떻게 부르느냐에 따라 같은 노래도 완전히 다른 노래처럼 들리기 때문이다.

나는 의식적으로 노래를 자연스럽게 부르려 노력한다고 생각해 본 적은 없다. 하지만 기교를 부리냐 안 부리냐를 떠나서 어떤 자연스러움이 내 노래에서 흘러나왔다면 그것은 유년기와 사춘기를 보내며 매일 같이 보고 듣고 즐기며 감각으로 흡수해 온 홍천의 산과 강 덕분이 아닐까 싶다. 인위적으로 꺾고 돌리고 감싸고 물러나는 기교를 배우기 훨씬 전부터 몸과 마음에 각인된 자연의 리듬, 환경적 요인이 영향을 미친 게 아니었을까.

물 흐르듯 유연하게 펼쳐진 홍천의 산.
높고 낮은 산세처럼 물결치는 홍천의 강.

끊어질 듯 이어지며 먼 곳까지 흘러가는 산 같고 강 같은 소리, 비 오는 날 흙냄새 올라오듯 슬픈 마음이 담긴 노래는 슬프게, 기쁜 마음이 담긴 노래는 기쁘게, 자연스러운 감정을 담은 소리가 내 노래에서 조금이나마 느껴진다면, 내가 노래를 잘 불러서라기보다 아주 오랫동안 몸에 밴 무엇인가가 나오는 것인지도 모르겠다.

사람은 어떤 환경에서 무엇을 많이 보고 듣느냐에 따라 정서와 생각이 달라진다고 한다. 한국인으로 태어났어도 프랑스에서 자랐다면 한국 문화보다 프랑스 문화에 더 익숙할 것이다. 반대의 경우도 마찬가지다. 내 고향 홍천도 나에게 의식적으로든 무의식적으로든 많은 영향을 미쳤을 것이다. 트로트 선배 가수님들 중에는 '자신의 고향'을 원형처럼 기억하고 계신 분들이 많다. 고향에 대한 기억을 갖고 계신 세대라는 점도 있겠지만 알게 모르게 태어나고 자란 환경이 정서에 남아 노래로 표현된 것이 아닐까.

모든 노래가 감정을 담고 있지만, 그중에서도 특히 트로트는 지역 정서가 강한 노래다. 엔카가 일본의 정서를 담고 있고, 컨트리 송이 미국의 정서를 품고 있는 것처럼 한국적인 정서를 담고 있는 노래는 바로 트로트라고 생각한다. 최근엔 트로트의 색깔도 다양해지고 다른 장르와 혼합되기도 하지만 정통 트로트가 가진 특유의 질감이 있다. 부르면 부를수록 깊이가 있고 맛이 난다. 쉽게 들리지만 부르기는 어려운 이유도 바로 이 정서를 어떻게 표현하느냐에 따라 달라지기 때문이다.

특히 어린 시절에 경험한 초기 정서가 노래에 많이 반영되는 것 같다. 어린 시절을 떠올려보면 노래하던 내 모습이 가장 먼저 생각난다. 누가 시켜서도 부르고, 안 시켜도 부르고, 흥이 나서도 불렀다. 어린아이가 노래를 잘하면 얼마나 잘했을까마는, 어른들은 내가 노래를 부르면 박수를 치며 좋아하셨다.

"고놈 참, 신통방통하다. 조막만 한 놈이 노래를 기가 막히게 잘해."

잘하고 못하고를 떠나서 마냥 노래가 좋았던 것만은 틀림없다. 특히 트로트에 대한 사랑은 엄마 배 속에서부터 시작된 것인지도 모르겠다. 엄마가 태교 음악으로 트로트를 들었으니 말이다. 음악을 좋아한 사람이 엄마 혼자만은 아니었다. 온 식구가 평소에 음악을 듣고 부르며 즐기는 분위기였다. 언젠가 엄마가 들려준 이야기다.

"너 임신했을 때 외할아버지가 하루 종일 타령을 했어. 네 아빠는 집에서도 차에서도 트로트 메들리를 들었지. 넌 옹알이도 노래로 했잖아."

"엄마도 참, 무슨 아기가 옹알이를 노래로 해."

"진짜라니까."

"뭘 불렀는데?"

엄마의 대답을 듣고 나는 파안대소하고 말았다. 무려 옹알이 곡이 최병걸 선생님의 〈난 정말 몰랐었네〉 그리고 설운도 선배님의 〈잃어버린 30년〉이라니. 이걸 진짜 믿으라는 걸까. 하지만 아주 거짓말도 아닌 게 어린 내가 이 노래들을 흥얼거리던 기억이 난다. 엄마도 아빠도 트로트 메들리를 주야장천 들으셨으니, 나도 모르게 따라 부르게 된 게 아닐까. 입이 터져 말을 하기 시작한 이후로는 노래 잘하는 아이, 트로트를 구성지게 부르는 꼬맹이가 되었다. 나의 '트로트에 대한 사랑의 역사'도 이만하면 제법 길다고 할 수 있을 것이다.

노래에 대해 '어떤 감정'을 갖게 된 기억이 하나 있다. 초등학교 4학년 때였다. 학교 선생님이 춘천에서 열리는 어린이동요대회에 나가면 어떻겠냐고 권하셨다. 모두 다 아는 것처럼 춘천은 강원도 도청소재지다. 홍천에서 춘천까지는 거

금빛 행복을 드리는, 트로트 가수 금잔디입니다

리가 멀었고, 춘천은 서울처럼 도회지라는 이미지도 강했다. 춘천에서 열리는 대회에는 부잣집 아이들만 나가는 것이라고 생각해서 망설였지만 나가고 싶다는 마음이 더 강했다. 예심을 통과하고 본심에서 노래를 부르고 수상자 발표 시간이 다가왔다. 참가자들은 대부분 춘천 아이들이었다. 장려상, 우수상을 차례로 발표하는데 상을 받는 아이들은 모두 춘천에 있는 학교를 다녔다. 내심 상을 받았으면 좋겠다고 기대했는데 내 이름이 불리지 않아 기운이 빠진 참이었다.

'역시 안 됐나 봐.'

기대가 컸던 만큼 실망도 컸던 것일까. 어린 마음에 속이 많이 상해서 빨리 집에 가고 싶다는 생각만 들었다. 자리에서 일어나려는 순간, 내 이름 석 자가 또렷하게 호명되었다. 최우수상이었다. 엉덩이에 용수철이라도 달린 듯 방방 뛸 정도로 기뻤다. 노래를 불러서 상을 타다니! 큰 대회에 나가서 상을 받았다는 기쁨도 컸지만 내 힘으로 무언가를 이뤄냈다는 기쁨이 더 컸다. 노래 실력을 인정받았다는 사실에 대한 순수한 기쁨이었을 것이다.

이후 학교에서 나는 '노래 잘하는 아이'로 손꼽혔다. 중·고등학생 때도 빼지 않고 분위기를 주도하다 보니 자연스레

연예부장 역할을 도맡다시피 했다. 친구들 사이에서 인기도 높았다. 학교에 가면 누가 보냈는지도 모르는 팬레터가 책상 위에 수북하게 쌓여 있곤 했다. 동네에서도 학교에서도 나를 모르는 사람이 없을 정도였다. 많은 사람에게 박수를 받고 관심의 대상이 된다는 사실도 신기했지만, 주목받고 인정받으며 스포트라이트 조명 한가운데 서는 일과는 비교할 수 없을 만큼 나를 더 설레게 하는 일이 있었다. 사람들이 내 노래를 들으며 기뻐하고 즐거워한다는 것이었다.

"노래 한 곡으로 사람들이 참 행복해하는구나! 이렇게 웃는구나!"

내가 누군가에게 웃음을 줄 수 있다는 사실에 순수한 행복감을 느꼈다. 수많은 노래 중에서도 트로트를 불렀을 때 유독 환한 웃음이 터졌는데, 누가 선동하지 않아도 저절로 박수를 치고 따라 부르며 덩실덩실 어깨춤까지 추는 분들도 있었다. 삶에서 지쳤을 때 말없이 품어주는 산과 강처럼, 살아가며 낙담하고 풀이 죽어 기운 내기 어려운 사람들을 노래로 위로해 주고 달래주는 사람이 되고 싶다고 생각했다. 이때의 이런 기억이 씨앗처럼 남아 있다가 가수가 된 뒤에도 노래를 계속 부르게 하는 원동력이 되어준 것 같다.

금빛 행복을 드리는, 트로트 가수 금잔디입니다

03

뜻대로 되지 않는
인생도
살아보니 괜찮더라

인생이 생각한 대로만 흘러가면 얼마나 좋을까. 그런데 내가 부르는 노래조차 내 맘대로 되지 않을 때가 많은데 하물며 인생이 계획한 대로 착착 진행될 리가 없다. 한 치 앞을 내다볼 수 없는 건 인생만이 아니다. 오늘 하루 날씨 예보조차 안 맞을 때가 있지 않던가. 비가 온다는 예보에 장우산을 들고 나갔는데 비는커녕 빗방울도 떨어질 기미가 안 보이거나, 날이 맑고 기온이 높다는 뉴스만 믿고 얇게 입은 채 외출했는데 돌풍과 소나기를 만나 벌벌 떨기도 한다. 누구를 원망할 일도 아니고 자신을 탓할 일도 아니다. 예상하지 못한 '변수'는 항상 생긴다. 그것도 깜빡이를 켜지 않고 훅 들어오는 차들처럼 말이다.

처음 곡을 받으면 어떤 분위기로 가면 되겠다고 딱 느낌이 오는데, 부르다 보면 '어라? 이게 아닐지도?'라며 방향을 바꾸게 된다. 워낙 많은 곡을 부르고 듣다 보니 평범한 내 귀도 히트곡을 선별하는 명품 귀가 될 법한데 가끔만 맞을 뿐 100퍼센트 적중률을 자랑하진 못한다. 내가 아무리 심혈을 기울여도 대중이 사랑하는 노래는 다른 곡일 때가 있다. 가볍게 녹음했는데 대박이 터지기도 한다. 그렇다고 노래에 대한 감이 다 죽은 것이냐, 하면 그런 것은 아니다. 오히려 생각과 다른 일이 벌어지는 게 '리얼 인생'이고 너무나 당연한 일이 아닐까. 뜻대로만 되지 않는 게 인생이고, 노래다.

나는 계획대로 행동하는 것을 좋아한다. 지방 공연을 갈 때도 동선을 짜서 이렇게 움직이면 시간을 줄일 수 있으니 중간에 어디에 들러야겠다고 미리 정해둔다. 그러나 계획은 계획, 생각은 생각일 뿐 언제나 변수가 생겼다. 이런 일을 자주 겪다 보니 바늘 하나 들어올 틈이 없을 만큼 정확하고 반듯하게 순서를 정해두는 것 자체가 불안 때문이라는 것을 알게 되었다. 불안을 낮추는 것은 나를 위해 도움이 되지만 불안 자체를 없애려는 것은 불가능한 일이다. 살아 있다는 것은 자신만의 불안을 짊어지고 산다는 것인데, 불안을 느끼지 않고 싶다는 것은 파도 위에 집을 짓고 흔들리지 않기를 바라는 것과 같다.

그렇다면 애초에 파도가 아니라 땅 위에 집을 지으면 되지 않느냐고? 인생이 바다와 같아서 흔들리는 것을 막을 수가 없다. 게다가 변수를 모두 막은 채 계획한 대로, 생각한 대로 직진만 하려다 보면 더 좋은 기회를 스스로 놓치는 일도 생긴다. 어릴 때 꾸었던 꿈이 어른이 되면서 수백 번도 더 바뀌는 일도 일어나는 것이다.

"넌 커서 뭐가 될래?"

어른들이 아이에게 흔히 하는 질문이다. 나도 부모님에게, 친척분들에게, 선생님들에게 종종 이런 질문을 듣곤 했다. 친한 친구들끼리도 나중에 어떤 직업을 갖고 살 것인지 미래의 꿈과 희망에 대한 이야기를 자주 했다.

"떡볶이집 사장이 되어서 떡볶이를 실컷 먹을 거야."

"돈 많이 벌어서 너네랑 크루즈 여행 가야지. 돈은 내가 다 낼게."

"난 그냥 평범하게 결혼해서 아이 낳고 살림하며 알콩달

콩 살고 싶어."

우리는 그 나이 때 할 법한 이야기를 나누며 깔깔깔 웃었다. 큰 건물을 하나 사서 다 같이 모여 살자는 소원도 있었다. 1층엔 누가 살고 2층엔 누가 살고 3층엔 누가 살고……. 옥상에서 삼겹살 구워 먹고 밤엔 별을 보고 보름달 뜨면 소원도 빌자고 했다. 좋아하던 학교 선생님과 결혼하고 싶다는 꿈을 말하고, 계절마다 해외여행을 가고 생일 땐 모두 모여서 축하를 해주자는 소망도 빌었다. 이 중에 이뤄진 것은 거의 하나도 없지만 친구들도 나도 꿈이 이뤄지지 않아서 불행한 인생을 살고 있냐면 전혀 아니다. 현재의 삶을 충실하게 살고 있다. 농담 삼아 이렇게 말할 정도다.

"야, 그때 그 소원이 이뤄졌으면 어쩔 뻔했냐. 큰일 날 뻔했지."

노래를 잘했으니 어렸을 때부터 가수가 꿈이었냐는 말을 들을 때가 있다. 노래가 좋았고 무대가 좋았고 사람들 앞에서 노래하는 게 좋았지만 '가수'가 직업이 될 것이라곤 생각하지 못했다. 어릴 때 내 꿈은 수학 선생님이었다. 이 얘기를 하면 열이면 열 모두 놀란다.

"금잔디가 수학 선생님?"

지금의 내 이미지를 생각하면 수학 선생님이 웬 말이냐고 생각할 사람들도 있을 것이다. 하지만 난 모든 과목 중에서 수학을 가장 잘했다. 다른 과목엔 흥미가 없었는데 수학만은 스스로 공부할 정도로 재미있었다. 시험에선 자주 100점을 받을 만큼 성적도 잘 나왔다. 가장 좋아하는 과목도 수학이었고, 가장 흥미를 느끼는 과목도 수학이었다. 수학 좀 한다는 애들이 교과서처럼 들고 다니던 벽돌만큼 두꺼운 책, 《수학의 정석》도 처음부터 끝까지 네 번이나 풀었다. 수학은 모호하지 않은 정답이 있어서 좋았고, 답을 도출해 나가는 논리적인 과정이 투명해서 좋았다. 어려운 수학 문제를 붙잡고 이렇게 저렇게 풀어보면서 씨름하다가 어느 순간 정답을 찾으면 그게 그렇게 짜릿할 수가 없었다.

비 갠 후 공기가 맑아지면 먼 곳까지 뻗은 길이 바로 눈앞에 있는 듯 선명해 보인다. 흙먼지 날리던 뿌연 시야도 깨끗해져서 먼 길도 손에 잡힐 듯 가깝게 느껴졌다. 수학은 내게 그런 길과 같았다. 모호한 세상에서 어디로 가면 되는지 방향을 알려주는 길. 제대로 가면 반드시 정답을 찾을 수 있는 길.

많고 많은 직업 중에 수학 선생님이 돼야겠다고 생각한

이유는 단순했다. 학교 대표로 수학경시대회에 나갔는데 덜컥 1등을 했다. 상을 받아 집에 오니 엄마가 나에게 수학 선생님이 되면 좋겠다고 말했다. 노래 좀 부르는 것 빼면 잘하는 게 없다고 생각한 딸내미가 수학경시대회에서 1등을 했다니, 수학에 재능이 있어 보였나 보다. 나도 수학을 좋아하고 잘하니 수학 선생님을 하면 괜찮겠다고 생각했지만, 그렇게 생각한 데엔 한 가지 이유가 더 있었다. 중학교 때 아버지가 사업에 실패한 후 빚에 시달리면서 안정적인 직업을 갖고 돈을 벌어서 집안에 도움이 되어야 한다는 생각을 강하게 했던 것이다. 당시 내가 아는 직업 중에서 '선생님'만큼 안정적인 것이 없다고 여겼는지도 모른다.

수학을 좋아한 이유는 내 성격과도 연관이 있었던 것 같다. 어딜 가도 '성격이 똑 부러진다'는 평가를 받았는데 이런 성향도 한몫하지 않았을까. 희미하고 답답한 것은 성미에 안 맞았다. 원인과 결과, 인풋과 아웃풋이 눈에 보이듯, 선명한 게 좋았다. 내가 열심히 노력하면 정직하게 보답을 받을 수 있다고 생각했는지도 모른다. 인생이 수학처럼 정확한 과정을 도출할 수 없다는 건 훨씬 더 나중에야 알게 되었지만.

뭐든 정확하게 해두는 것을 선호하는 탓에 오해를 받을

때도 있었다. 불의를 보거나 억울한 일을 당하면 그대로 순순히 물러서기가 힘들었다. 내가 감수해야 하는 일은 마음 딱 접으면 되는데 아끼는 후배들이나 친한 친구들이 억울한 일을 겪으면 소매를 걷어붙이게 된다. 그래서 고마운 인연으로 남은 경우도 있지만, 본의 아니게 오해를 사거나 악플에 시달리거나 손해를 보는 일도 생겼다. 정의로운 성격이어서가 아니라 '욱하는 성깔'을 죽이지 못해서겠지만 회피하기보다 직면해서 해결하는 게 더 낫다고 생각한다. 일을 할 때도 손익을 따지기에 앞서 배짱이 맞아야 한다고 생각해서인지 말을 나눠보다가 아니다 싶으면 일을 엎은 적도 있었다.

지금은 나이가 들어서 예전보단 욱하는 성미가 줄어들었다. 기운이 빠진 것인지 나름대로 철이 들어서 온화해진 것인지는 조금 더 시간이 지나봐야 알 것 같다. 하지만 사실 나는 겉으로 씩씩해 보이는 것과 달리 속은 여리고 상처도 잘 받는다. 힘든 기억은 툭툭 잘 털어버리는 편이지만, 그렇다고 상처를 안 받는 것은 아니다. 겉은 딱딱하지만 속은 폭신한 바게트 같다고나 할까. 여린 마음을 감추기 위해 일부러 더 괜찮은 척하며 살아왔는지도 모르겠다.

나의 이런 점도 수학과 조금 닮아 있는 것 같아 재미있다. 무뚝뚝하고 차갑고 간결해 보이는 수학 공식도 막상 풀이 과정을 살펴보면 아주 섬세하고 풍부한 상상력을 필요로 한다. 하나의 공식도 그냥 만들어지는 법은 없었다. 정말로 많은 사람의 노력과 시간이 그 안에 들어 있다. 한 곡의 노래가 탄생하는 것도 마찬가지다. 작곡, 작사, 편곡, 연주, 녹음, 가창에 이르기까지 정말 많은 정성을 기울여야 비로소 세상에 나오게 된다. 어떤 수학 공식은 만인이 알 정도로 잘 알려지지만 어떤 수학 공식은 마니아만 아는 것처럼, 어떤 노래는 대중의 사랑을 듬뿍 받지만 어떤 노래는 몇몇 사람들의 마음에만 저장되기도 한다.

좋아하는 수학 문제를 실컷 풀면서 몰입하던 옛 추억을 떠올리면 '그때의 나도 지금의 나도 좋아하는 일을 마음껏 하고 있구나'라는 생각이 들어서 저절로 미소가 지어진다. 지금도 여전히 수학을 좋아한다. 예전처럼 문제를 풀거나 공식이 만들어진 과정을 공부하진 않지만 수학 자체에 대한 애정은 살아 있다. 지금 풀라고 하면 아마 한 문제도 풀지 못하겠지. 그래도 한때 애정을 쏟았던 무언가를 떠올리는 일은 여전히 즐겁고 행복하다.

그나저나 내가 진짜 수학 선생님이 되었으면 어땠을까?

혹시 전국을 휘어잡는 '1타 강사'가 되었을까? 트로트를 신나게 뽑아내며 전국의 학생들에게 꿈과 희망을 심어주는 수학 선생님이 되었어도 나쁘진 않았을 것이다.

그러나 지금 내 꿈은 수학 선생님이 아니다. 음악에 대해 알려주는 사람이 되고 싶다. 그래서 2024년에 새로운 도전을 준비하고 있다. 음악에 대한 전문성과 스펙트럼을 넓히고자 대학원에 진학해 석박사 과정을 밟는 것이다. 학위 취득을 한 후 제자들과 후배들에게 배움을 전달하고 싶다는 꿈이 생겼기 때문이다. 현장에서 갈고닦은 실력에 학문적 이론까지 겸비할 수 있다면 강단에 서고 싶다.

마흔이 넘은 나이라 늦은 감이 있지만 '나이 때문에 못 한다'는 말보다 '배움에는 나이가 없다'는 말을 믿고 싶다. 노래로 시작한 내 인생이 노래로 더 풍성해질 테니, 언젠가 이뤄지지 않을까? 생각만 해도 가슴이 두근거린다. 수학 선생님이 되지 않아서 얼마나 천만다행인가! 그러니 기왕지사 뜻대로 안 되는 게 인생이라면, 배 두둑하게 내밀며 이렇게 말해보련다.

"인생, 뜻대로 되지 않아도 괜찮더라. 하나의 문이 닫히면 또 다른 문이 열리더라. 새로 열린 그 문이 훨씬 더 좋더라!"

금빛 행복을 드리는, 트로트 가수 금잔디입니다

04

〈전국노래자랑〉에서
1등 말고 반드시
2등을 해야 했던 이유

사람마다 인생을 바꾸는 터닝포인트를 몇 번씩 경험한다. 어떤 터닝포인트는 눈에 띄지 않을 정도로 작아서 '그때 그 일로 내 인생이 바뀌었지!'라고 생각하지 못할 수도 있다. 반면 어떤 터닝포인트는 평생 잊을 수 없을 만큼 강렬한 사건으로 찾아오기도 한다. 인생을 뒤흔든 것이 사건이든 사람이든 삶에 찾아오는 변화는 누군가에게는 위기일 수도 있고, 누군가에게는 기회가 되기도 한다. 재미있는 것은 기회가 와도 그 안에 위기가 있고, 그 위기가 극적인 기회가 되기도 한다는 사실이다.

금빛 행복을 드리는, 트로트 가수 금잔디입니다
·

내 인생의 수많은 터닝포인트 중에서도 첫손에 꼽는 것은 〈전국노래자랑〉이다. 지금은 트로트 가수가 설 수 있는 무대나 자신을 알릴 수 있는 통로가 확장되고 다양해졌지만 예전에는 지금과 비교할 수 없을 만큼 기회가 적었다. 특히 데뷔조차 하지 못한 아마추어가 노래를 통해 사람들에게 인상을 남긴다는 것은 하늘의 별을 따는 것과 다를 바 없는 일이었다. 트로트 가수가 되려면 어떻게 해야 하는지, 누굴 만나고 어디에서 노래를 불러야 하는지도 모르던 때, 〈전국노래자랑〉은 가뭄 속 단비와 같은 고마운 프로그램이었다.

1997년. 고향인 강원도 홍천에 〈전국노래자랑〉이 떴다. 지금도 그렇지만 당시에도 〈전국노래자랑〉은 가수 지망생들의 간절한 등용문과 같은 프로그램이었다. 무대 위에선 송해 선생님의 구수한 목소리가 울려 퍼지며 현장에 있는 모든 분을 웃고 울리는 드라마가 펼쳐졌지만, 무대 뒤의 출연자들은 그 누구도 긴장을 놓지 못했다. 그도 그럴 것이 〈전국노래자랑〉이 어떤 프로그램인가. 고향에서 노래 꽤나 한다는 소리를 들어본 트로트 가수 지망생이라면 국가대표 스포츠선수들이 올림픽을 기다리듯 애타게 고대하는 무대가 아니던가.

지금도 〈전국노래자랑〉의 인기가 높지만, 예전에는 명실

상부 최고의 프로그램이었다. 그런 〈전국노래자랑〉이 내 고향에서 열리는데 참가를 안 하는 것은 넝쿨째 들어온 복을 제발로 차버리는 것이나 마찬가지였다. 고등학교 3학년 때 찾아온 〈전국노래자랑〉 홍천군 편은 내 인생에서 두 번 다시 만나기 힘든 기회였다.

오디션 프로그램에 나가는 사람이라면 내심 1등 하기를 바랄 것이다. 실력이 쟁쟁한 사람들을 제치고 1등을 한다는 것은 실력은 기본이고 운도 따라야 한다는 걸 의미한다. 컨디션, 대중의 취향, 심사위원들의 시선 등 수많은 조건을 월등히 뛰어넘어야 하는 만큼 어렵다. 거액의 상금, 빵빵한 프로모션, 모든 스포트라이트가 화려하게 쏟아지는 그 자리를 마다할 사람이 있을까. 나도 물론 1등을 하고 싶었다. 그러나 당장의 문제는 1등을 하느냐 마느냐가 아니었다. 출전 자체를 할 수 없는 상황이었기 때문이다.

"만 18세 이하의 미성년자는 출연하지 못함."

이듬해부터 출연 요건이 바뀌었지만 이때만 해도 나이 제한이 있었다. 고등학교 3학년이던 내가 참가할 수 있는 방법은 딱 하나였다. 관계자의 눈을 속이고 몰래 신청하는 것. 즉 나이를 속이는 것이었다. 적절한 방법은 아니었지만 나중에 들통이 나더라도 눈 딱 감고 해보는 쪽으로 마음을 굳혔다. 그만큼 간절했다. 어떻게 할지 고민하다가 아이디어가 떠올랐다.

내가 다니던 고등학교에는 낮에는 공장에서 일을 하고, 저녁에 수업을 들으러 학교에 오는 야간 반 언니들이 있었다. 그 언니들 중 한 명에게 부탁해 공장 유니폼을 빌려 입고 뿔테안경까지 쓰고 갔다. 접수를 하는데 두근대는 소리가 얼마나 크게 들리던지 심장이 당장이라도 목 밖으로 튀어나오는 줄 알았다.

"주민등록증 보여주세요."

"아, 깜박 잊고 안 갖고 왔는데요."

살면서 이렇게 큰 거짓말을 해본 것이 처음이었다. 내 삶의 모토 중 하나가 "정직하게 살자"였지만, 찬밥 더운밥 가릴 때가 아니었다. 덜컥 예심을 통과해 버린 것이다.

'1등 말고 꼭 2등 해야 한다, 2등!'

본심에 오른 나의 목표는 2등이었다. 장려상이나 인기상은 받고 싶지 않았다. 어린 마음에 1등 할 실력은 있지만 1등을 하면 불법(?) 참가자인 게 걸려서 수상이 취소될지도 모르니 1등 말고 2등을 하자고 생각했다. 노래 하나만큼은 자신 있었다. '이 노래만 부르면 무조건 1등'이라는 리스트도 나름 대로 갖고 있었다. 어린 시절부터 노래를 하며 어떤 곡을 불렀을 때 가장 반응이 좋은지, 환호성이 터지는지, 분위기를 잡을 수 있는지 감으로 알고 있었다. 1등 후보곡들을 제치고 1등을 못 하는 노래를 택하려니 속이 좀 쓰리긴 했지만 그래도 괜찮았다. 〈전국노래자랑〉에서 실력을 인정받으면 가수의 길이 열리는 것이나 마찬가지였으니 말이다.

오해가 있을 것 같아서 미리 말하지만, 1등 후보곡으로 생각하지 않았다고 해서 당시 내가 선택한 노래가 부족한 곡이었다는 의미는 아니다. 가창력이 드러나는 것은 물론, 감성 표현이나 가사 전달 등 두루두루 실력을 확실하게 인정받을 수 있는 노래여야 했으니 더욱 까다롭게 골랐다. 고심 끝에 선정한 노래는 문희옥 선배님의 〈해변의 첫사랑〉이었다. 문희옥 선배님은 고등학생 트로트 가수로 이미 일찌감치 성공한 데다 맑고 깨끗한 음성의 소유자였다. 〈해변의 첫사랑〉은 대중들에게도 큰 사랑을 받은 노래였다. 경쾌한 리듬으로 시작하는 도입부가 무대 분위기를 이끌기에 딱 좋다는 생각이 들었다.

파도가 치는 백사장에서

지난날 그 추억을 생각하니

바람이 불어 흩어진 곳에

아련히 떠오르는 발자취

그러나 〈해변의 첫사랑〉은 티 없이 밝은 노래가 아니다. 가사에서도 잘 드러나지만 곡 자체에 '애수'의 정조가 진하게 스며 있다. 아직 솜털이 보송보송해서 어린 티가 나는 내가 소화하기 어려운 노래였다. 그런데도 이상하게 무조건 이 노래를 불러야겠다는 생각이 들었다. 정식으로 노래 교육을 받은 적도 없고 네 음색엔 이런저런 노래가 잘 어울린다고 조언해 주는 노래 스승도 없었지만 내가 잘 부를 노래가 무엇인지는 본능적으로 알고 있었던 것 같다.

바라던 대로 2등을 했다. 다행인 것은 나이를 물어보는 사람이 아무도 없었다는 것이다. 여전히 들킬까 봐 가슴이 조마조마했지만 여기까지 온 것만 해도 장하다는 생각이 들었다. 홍천에서 우수상을 타서 연말 결선에 출전하게 되었다. 우수상을 타고 연말 결선에 출전한 덕분에 신분증 내라는 이야기가 없었던 것이 천만다행이었다. 이번에도 고등학생 단

발머리를 숨기기 위해 비니를 쓰고 공장에 다니는 언니들이 빌려준 유니폼을 입은 채였다.

멀미를 안 하는 편인 나도 이날은 얼마나 긴장했는지 버스를 타고 가는 내내 몇 번이나 멀미를 하며 서울 여의도 KBS 별관에 도착했다. 멀미와 긴장으로 몸도 마음도 너덜너덜해진 상태였지만 끝까지 잘해보고 싶었다. 연말 결선에서 입상을 하면 노래를 진지하게 생각해도 괜찮다는, 어쩌면 노래로 먹고살 수 있을지도 모른다는 막연한 희망에 '그래도 된다'는 도장을 찍어주는 증거라고 생각했다.

연말 결선 때도 목표는 2등이었다. 나이를 속이고 출전했기에 '1등이라도 해버리면' 모든 노력이 물거품이 되는 셈이었다. 1등을 하면 큰일이라도 나는 것처럼 심각했다. 지금 생각하면 누가 1등을 막 주기라도 한다는 것인지 어이가 없지만 그때는 작심하고 부르면 내가 무조건 1등이라는 노래부심이 하늘을 뚫을 때였다. 지금 이 글을 읽는 분들도 철없는 아이의 생각이었으려니 하고 이해해 주시길 바란다.

조심해서, 그러나 최선을 다해 부른 결과는 놀랍게도 진짜 2등이었다. 〈전국노래자랑〉 연말 결선에서 무려 2등을 한 것이다. 내게는 1등보다 값진 2등이었다.

'실력을 인정받았구나!!!'

사람의 마음이 벅차오르면 갈비뼈가 뻐근해진다는 사실을 그때 처음 알았다. 진짜 갈비뼈가 아플 정도로 가슴이 벅차올랐다. 객관적으로 엄정한 심사를 거쳐 받은 상이어서 더욱더 감회가 남달랐던 것 같다. 지금처럼 오디션 프로그램이 많지 않던 시절, 〈전국노래자랑〉에서 실력을 인정받았다는 것은 곧 노래를 부르면서 살 수 있는 길이 열렸다는 뜻이었으니까. 진짜로 가수가 될 수 있다는 생각에 미래에 대한 희망이 부풀 대로 부풀어 올랐다. 인생 처음으로 맞이하는 터닝포인트였다.

05

꺾이고 구부러져도
그래도 내 인생

〈전국노래자랑〉이라는 문만 통과하면 아무 걱정 없이 꽃길을 걸을 줄 알았다. 그러나 내 앞에 펼쳐져 있는 길은 평범한 흙길이었다. 그나마 평탄하지조차 않은 오르막에 웅덩이까지 푹푹 파여 있을 줄이야. 고속도로처럼 쭉 뻗어나가길 기대했는데 웬걸, 트로트의 꺾임보다 더 굴곡진 인생이 기다리고 있었다. 조금 너스레를 떨자면 내가 '꺾기 신공'을 갖게 된 것은 우연이 아닌 것이다!

중학교 때부터 기울기 시작한 집안은 고등학교를 졸업할 무렵 최악의 상황에 처했다. 하루에도 몇 번씩 빚쟁이들이 찾아왔고, 전화를 받기 무서울 만큼 빚 독촉에 시달렸다. 이런 상황에서 대학 등록금 이야기를 차마 꺼낼 수 없었다. 내 힘으로 학비를 벌어서 대학에 가겠다고 결심하고 고등학교를 졸업하자마자 바로 생존의 현장으로 뛰어들었다. 무엇보다 당장 돈이 급했다. 하루가 멀다 하고 찾아오는 빚쟁이들에게 시달리는 일에서 벗어나려면 얼마가 됐든 병아리 눈곱만 한 돈이라도 벌어서 집안의 빚을 조금이라도 갚아야 했다.

고등학교를 이제 막 졸업한 여자애가 할 수 있는 일은 많지 않았다. 고졸 학력으로 회사에 취직하는 것보다 아르바이트를 몇 개 하는 게 더 많은 돈을 벌 수 있을 것 같았다. 아침에는 볼링장에서 일하고 낮에는 건설회사의 경리로 일했다. 경리 일이 끝나면 바로 횟집으로 가서 밤까지 일했다. 횟집 일이 끝나면 늦은 밤부터 새벽까지 낚시터에서 일했다. 네 가지 아르바이트를 이어서 하느라 하루가 어떻게 지나가는지도 몰랐다. 워낙 시간을 빡빡하게 쓰던 때라서 한 곳의 아르바이트가 조금 늦게 끝나기라도 하면 다음 아르바이트에 바로 지장이 생겼다. 건설회사에서 횟집으로 이동할 때가 가장 아슬아슬했다.

사무실 전화벨이 울리고 "야, 오늘 공구리 쳐야 한다!"

는 소장님의 목소리가 들리면 한숨부터 나왔다. 야근이라는 의미였기 때문이다. 어떻게 해서든 야근만은 피하고 싶었다. 30분이든 한 시간이든 야근을 하면 횟집 아르바이트에 늦기 마련이었고, 횟집 아르바이트는 일은 힘들었어도 그만큼 시간당 보수가 센 곳이라 놓치고 싶지 않았다. 그래서 야근이 생기더라도 20분 안에 미친 듯이 일을 끝내고 전속력으로 횟집에 달려갔다. 이렇게 체력을 소진한 날에는 낚시터에서 졸음이 쏟아졌다. 그나마 낚시터는 앉아서 하는 일이었기에 다행이었다.

미래에 대한 희망을 갖기엔 현실의 빚이 누르는 압박감이 무거웠다. 내가 앞으로 무엇을 하고 싶은지 생각할 틈도 없이 집에 오면 곯아떨어지기 일쑤였다. 내 머릿속에는 어떻게 돈을 벌 수 있을지, 조금이라도 시급이 높은 아르바이트가 무엇인지, 이번 달 들어오는 돈과 나가는 돈을 빼고 교통비와 식비를 어떻게 더 줄일 수 있을지, 하는 생각밖에 없었다.

그렇게 1년 동안 돈을 모아 다음 해 대학에 들어갔다. 등록금이 비싼 학교는 갈 엄두도 내지 못했다. 음악 관련한 전공에, 학비는 싸고, 생활비도 스스로 벌면서 다닐 수 있는 학교를 찾아야 했다. 그러다 이제 막 실용음악과가 생긴 공주의

한 대학에 장학생으로 들어갔다.

'뜻을 품으면 길이 생긴다더니, 사람이 정말 죽으라는 법은 없구나.'

대학을 가지 않고 일을 하면서 노래를 부르는 길도 생각을 안 해본 것은 아니었다. 하지만 그래도 공부는 계속하고 싶었다. 이런 생각을 하게 된 데는 고등학교 은사이신 김제림 선생님의 영향이 컸다. 김제림 선생님은 내가 유난히 따르던 분이었다. 지금은 고인이 되셨지만, 내 삶의 기둥이었다 해도 과언이 아니다. 선생님은 학교생활부터 진로지도까지 진심으로 나를 위해 걱정해 주시고 조언을 아끼지 않으셨다. 대학에 무사히 갈 수 있었던 것도 이런 돌직구를 날려주신 덕분이었다.

"넌 수학만 잘했지, 다른 건 젬병이잖아. 성적으론 안 되니까 반드시 실기 위주로 보는 학교를 가거라."

선생님 덕분에 무사히 대학에 합격했고 장학생으로까지 선발되었다. 고향인 홍천을 떠나던 날 새로운 시작에 마음이 설렜다. 나고 자란 곳을 떠나 낯선 지역으로 가려니 불안했지만 지치고 어린 마음에 집을 떠나고 싶다는 마음도 컸다. 산더미 같은 빚이 남아 있는 상황에서 집을 떠나 대학에 간들 내 인생이 드라마틱하게 바뀌진 않을 터였다. 그래도 공부는 계속하고 싶었다. 노래도 계속 부르고 싶었다. 비록 먹고사는 데 치여서 노래로 먹고살 수 있을 거라고는 감히 꿈도 꾸지 못했지만 노래를 전공할 수 있는 대학에 다니게 된 것만도 너무나 기뻤다.

대학생이 되었다고 달라질 것은 없었다. 장학생으로 등록금은 면제받았지만 자취를 하면서 생활비까지 내려면 아르바이트는 무조건 필수로 해야 했다. 게다가 명색이 장학생인데 성적이 떨어지는 것은 죽어도 싫었다. 몸은 하나인데 공부하랴 일하랴 노래 연습하랴, 그냥 악바리 근성으로 버텼다. 평일 낮엔 학교 공부를 열심히 했다. 성적을 유지해야 졸업 전까지 장학금을 받을 수 있었기 때문이다. 수업이 끝나면, 오후부터 밤까지 학교 앞 고깃집에서 불판을 닦았다. 학교 바로 앞에 있어서 교통비가 들지 않고 이동 시간이 짧다는 장점이 있었지만 불판 닦는 일을 구한 가장 큰 이유는 다른 아르바이트를 구하기가 어려웠기 때문이다.

학교에서 수업받고 과제 하고 연습하는 시간 외에 개인 자유시간은 없었다. 동기들은 여행도 가고 친구들끼리 카페에서 소소한 수다를 떨며 연애 상담을 해주거나 진로를 고민

했지만 나는 그런 시간조차 낼 수 없을 만큼 바쁘게 살아야 했다. 정확히 말하면 바쁘게 몸을 움직여야 했다. 몸이 게으르면 수입이 적어지고, 수입이 적어진다는 것은 졸업할 확률도 낮아진다는 뜻이었다.

"넌 왜 항상 그렇게 바빠?"

동기들이 물어도 별다른 대답 없이 웃기만 했다. 집이 쫄딱 망해서 빚이 많은데 조금이라도 갚아야 부모님도, 나도 살 수 있다고 말한들 무슨 소용이 있을까. 남에게 이렇다 저렇다 구구절절 사정을 말하고 싶은 생각도 없었다. 그저 내 머릿속에는 '어떻게 하면 좋은 아르바이트를 찾을 수 있을까', '어떻게 하면 집의 빚을 조금이라도 줄일 수 있을까' 하는 생각뿐이었다.

몸은 고단하고 피곤했지만 잠시도 쉴 수가 없었다. 약한 생각을 안 하려고 몸을 쉼 없이 움직였다. 조금이라도 생각할 시간이 생기면 그 틈새로 불안이 스멀스멀 올라올까 봐 무서웠는지도 모르겠다. 돈을 벌지 않으면 당장 생존의 위협을 느끼는 상황에서 '청춘의 고민'조차 내겐 사치였다. 이렇게 살다가 과연 가수가 될 수나 있을지, 원하는 무대에 설 수나 있을지 앞날이 캄캄했다. 평생 고깃집 불판만 닦다가 인생이 끝나는 건 아닌지 두려웠다.

그러나 엎어져도 자빠져도 내 인생이었다. 집안의 빚은 내 잘못이 아니었지만, 빚을 탓하며 인생을 망친다면 그건 내 잘못이었다. 내 삶이니 책임도 내가 지는 게 옳았다. 이렇게 살지 않을 거라고 이를 악물고 이겨내든, 오늘 하루만 버티자고 묵묵히 참아내든 다른 사람이 살아줄 인생이 아니었다. '하루만, 오늘 하루만 살아내자'라는 심정으로 아무리 힘들어도 학교는 졸업하자고 다짐했다.

그러나 쥐구멍에도 볕 들 날이 온다고 했던가. 고깃집 아르바이트로는 300년을 일해도 집안의 빚을 갚기 어렵겠다 싶었던 나는 눈에서 불이 날 정도로 다른 일거리를 찾았다. 하루 일과 중의 하나가 그날 아침에 나온 지역 신문을 샅샅이 뒤지며 좀 더 나은 일이 없는지 빨간 펜으로 체크하는 것이었다. 그러다 눈이 번쩍 뜨이는 일을 발견했다. 일주일에 두세 번, 하루 서너 시간씩 노래만 부르면 되는 일이었다. 게다가 월급이 제법 괜찮았다.

'노래만 부르는데 이렇게 돈을 많이 준다고?'

사기가 틀림없다는 의심이 들었지만 신문에 동그라미를 치던 내 손은 어느새 전화번호를 누르고 있었다. 전화를 받은 사람에게 이것저것 물어봤으나 광고 내용과 크게 다를 바 없는 대답만 돌아왔다. 일단 와보라는 말을 듣고 전화를 끊었다.

'가? 말아?'

쥐도 새도 모르게 잡혀가서 새우잡이 배에 팔리는 거 아닌가, 하는 생각을 3초쯤 했다. 그렇지만 정말로 노래만 부르고 이 정도 돈을 벌 수 있다면 굉장한 행운이었다. 갑자기 마음이 조급해졌다. 이렇게 좋은 자리라면 나 말고도 원하는 사람이 많을 터였다. 죽이 되든 밥이 되든 현장을 가보고 결정하자는 생각이 들었다. 떨리는 마음으로 적힌 주소지를 찾아가니 평범한 회사였다. 회사 제품을 홍보하고 파는 자리에서 노래를 부를 가수를 뽑는다고 했다. 무슨 물건을 팔기에 가수까지 뽑는가 싶어서 몇 번이나 물었다.

"정말 노래만 부르면 돼요?"

"그럼요. 잘 부르면 보너스를 더 드릴 수도 있어요."

정말이지 귀가 솔깃해지는 이야기였다. 노래 부르는 것 하나는 자신 있었기에 이보다 더 좋은 아르바이트도 없다 생각했다.

"지금 바로 노래 불러볼래요?"

금빛 행복을 드리는, 트로트 가수 금잔디입니다
·

64

"네. 시작할게요."

평소 자주 부르던 트로트를 한 소절 시작한 순간 면접을 보던 분이 다급하게 "스톱!"을 외쳤다. 눈이 휘둥그레진 채 나를 보았다.

'왜 그러시지? 내가 뭘 잘못했나?'

노래를 끝까지 듣지도 않고 손을 휘휘 저으니 좋은 일자리를 놓친 게 아닌지 불안했다. 다른 노래를 불러야 할지, 다시 불러야 할지, 마음이 조급해졌다. 그러나 스톱을 외친 그분은 나보다 더 조급한 목소리로 이렇게 외쳤다.

"세상에, 노래를 왜 이렇게 잘해요? 합격! 이번 주부터 바로 시작할 수 있어요?"

노래를 불러서 돈을 벌 수 있다니, 난생처음 경험하는 일이었다. 처음엔 대중교통으로 이동했지만 피곤함과 이동 시간을 줄이기 위해 가진 돈을 몽땅 털어 싸구려 중고차를 한 대 샀다. 힘들어도 힘든 줄을 몰랐다. 한 달에 벌 수 있는 돈이 놀랄 정도로 많아졌기 때문이다. 고깃집 불판 닦는 아르바이트도 계속했다. 수업이 없는 요일을 골라 갈 수 있었기에 저녁 시간에 하는 아르바이트를 굳이 그만둘 이유가 없었다. 몸은 고단했지만 마음은 신이 났다. 무엇보다 좋아하는 노래를 실컷 부를 수 있었다. 저절로 연습이 되니 노래 실력도 많이 늘었다. 사람들 앞에서 공연하는 실전 연습도 한 셈이니 나에겐 일석이조인 셈이었다.

어떤 일은 노력을 해도 물거품으로 돌아가고, 어떤 일은 뜻밖의 기회로 찾아오기도 한다. 직선이길 꿈꿨던 길이 막상 가보니 꼬부랑 곡선일 때가 더 많았지만 그렇다고 항상 나쁘지만은 않았다. 생각을 바꾸면 완전 다른 길이 펼쳐진다. 이 사실을 깨달은 것이 내게는 참으로 행운이었다.

수학적 관점으로 생각을 해보자. 인생은 2차원 평면이 아니라 3차원 공간이다. 여기에 시간까지 더해지니 사실은 4차원이라고 해야 할 것이다. 하나의 직선과 곡선이 평면 위에 놓이면 직선이 최단 거리가 된다. 같은 속도로 움직인다고 할 때 직선으로 가는 것이 가장 빠르다. 그러나 3차원 공간에서는 이야기가 달라진다. 직선은 최단 거리일 수 있으나 가장 빠른 길은 아닐 수 있다. 곡선은 길이가 길지만 어느 시점에서 가속도가 붙는다. 직선 항로를 선택한 사람이 곡선 항로를 선택한 사람보다 항상 먼저 도착하는 것은 아니다. 말하자면 구부러져 보이는 길에 놀라운 기회가 숨어 있기도 한 것이다.

결과적으로 정신없고 힘들기만 했던 이 시기는 내 실력

을 연마하는 데 엄청난 공헌을 했다. 만약 바라던 대로 〈전국 노래자랑〉 이후 고속도로 같은 직선 코스만 밟으며 살아왔다면 어땠을까? 가수 금잔디는 지금까지 살아남지 못했을지도 모른다. 생각대로 인생이 펼쳐지지 않는 건 억울하거나 슬프기만 한 일이 아니라 삶의 신비로움 같기도 하다. 당장 눈에 보이진 않아도 더 크고 좋은 것이 주어지기도 하니 말이다. 그토록 원하던 '고속도로' 같은 인생이 정말로 찾아왔다. 비록 이때는 전혀 상상할 수 없었던 조금 먼 미래의 일이긴 했지만.

06

살다 보면
반드시 기회가
찾아온다

트로트 가수의 삶은 생각보다 더 많은 부침을 겪는다. 내가 표현한 말들이 생각과 다르게 오해받기도 하고 무심코 한 행동이 의도와 다르게 해석되기도 한다. 괜한 소문에 오르내리는 게 싫어서 구설수가 날 만한 일은 하지 않았음에도 없던 일이 생기는가 하면, 누군가를 위해 나선 일이 와전되어 돌아오기도 한다. 억울하지 않다면 거짓말이겠지만, 20년쯤 지나고 보니 그래도 트로트 가수를 하길 참 잘했다고 생각한다.

노래 부르는 일을 업으로 삼고 살아간다는 건 '선택받은'

일이지 않을까. 단순히 노래만 잘한다고 가수가 되는 것도 아니고, 끼만 있다고 할 수 있는 일도 아니다. 좋은 곡은 사람들이 반드시 알아주지만 좋은 노래만 부른다고 10년, 20년 무대에 설 수 있는 것도 아니다. 대중이 찾아주지 않는 순간, 가수는 무대를 잃는다. 서고 싶어도 서지 못하고 부르고 싶어도 부르지 못하는 것이다. 물론 반전도 있다. 몇 년 전에 발표한 곡이 역주행을 하거나 생각지 못했던 행운을 잡기도 한다.

하지만 이 모든 것이 노래를 발표할 기회가 주어졌을 때 누릴 수 있는 일이기도 하다. 남의 노래만 부르는 것과 자신의 노래가 있다는 것은 완전히 다르다. 노래는 정말 잘 부르지만 자신의 오리지널 곡을 발표하지 못하고 가수 생활을 끝내는 사람들이 부지기수다. 내 이름으로 발표되는 나만의 곡이라니, 데뷔도 못 한 신인 가수에게는 그야말로 꿈만 같은 일인 것이다.

"과연 내게도 그런 날이 올까?"

그런데 정말로 그 꿈같은 일이 나에게 찾아왔다. 학교 대표로, 신인 가수로 데뷔할 수 있는 기회가 주어진 것이다. 하루는 수업 중에 이사장실로 오라는 말을 들었다. 입학한 뒤로는 물론 졸업할 때까지 이사장실에 갈 일이 생길 것이라고는 상상도 못 했는데, 그야말로 '어느 날 갑자기' 생긴 일이었다. 아무것도 모른 채 이사장실에 간 나는 소파에 앉아서 이런 대화가 오가는 것을 멀뚱히 듣고 있었다.

"이 친구는 어디에서 온 친구인가?"

"강원도 홍천에서 왔습니다. 들으면 깜짝 놀라실 거예요. 노래를 기가 막히게 잘하거든요."

"그래?"

"네. 특히 트로트를 너무너무 잘 부릅니다."

이사장님과 학과장님이 주고받는 말을 들으면서도 무슨 영문인지 알 수 없었다. 불과 10분 전까지만 해도 이사장실에서 이런 말을 들으리라곤 생각도 못 했으니 말이다. 사연인즉 이러했다. 영종도 인천국제공항 준공식을 앞두고 정풍송 선생님이 작곡하신 신곡을 부를 신인 가수를 찾고 있는데 학교에서 노래 잘하는 학생을 추천하려 한다는 것이다. 나를 추천하신 분은 〈망부석〉이라는 히트곡의 주인공이자 학과장이셨던 김태곤 교수님이셨다.

"정풍송 작곡가님의 곡이니 히트는 떼놓은 당상이지."

"그럼요. 게다가 영종도 인천국제공항 준공식에서 부를 노래 아닙니까?"

'정풍송 작곡가님?'

분명 어디선가 들어본 적 있는 이름이었다. 곰곰이 생각하다가 하마터면 소리를 꽥 지를 뻔했다. 가왕 조용필 선생님의 〈미워 미워 미워〉, 〈허공〉을 비롯해 한국 음악사에 길이길이 남을 명곡들을 헤아릴 수조차 없이 많이 작사, 작곡하신분이 아닌가? 돈만 있다고 곡을 받을 수 있는 게 아니었고, 노래만 잘한다고 곡을 받을 수 있는 것도 아니었다. 곡 받기가 하늘의 별 따기처럼 어려운, 그야말로 자타공인 당대 최고의 대가셨다.

'그분이 작곡한 노래를 부른다고? 내가?'

이사장님과 교수님은 화기애애하게 웃으면서 이야기를 나누셨지만 나는 두 분 몰래 허벅지를 세차게 꼬집었다. 눈물이 찔끔 날 만큼 아팠다. 믿을 수 없지만 사실이었다. 학교에서 전적으로 모든 제작비를 대는 데다 가수로 데뷔라니!

"이번에 우리 학교 홍보도 크게 할 수 있겠죠. 학생에게는 큰 기회가 될 테고요."

맞는 말이었다. 누구라도 탐낼 것이 분명한 일생일대의 기회였다. 제작비 지원은 물론 홍보까지 보장된 데뷔 기회를 누가 마다하겠는가. 이런 일이 정말 나에게 일어난 것인지 눈

금빛 행복을 드리는, 트로트 가수 금잔디입니다

72

만 껌벅껌벅할 뿐이었다. 게다가 교수님은 몇 번이나 나를 칭찬하셨다.

"이 친구가 노래를 정말 잘합니다."

"학과장님이 추천하는 학생이면 무조건이죠. 실력이야 볼 것도 없습니다."

이사장님은 고개를 연신 끄덕이며 함박웃음을 지었다. 그걸로 끝이었다. 나중에 알았지만 사실 후보가 한 명 더 있었다고 했다. 그런데 김태곤 교수님이 나를 적극적으로 추천해 주신 것이었다. 왜 나를 추천해 주셨는지 어렴풋이 알 것도 같았다. 며칠 전 일이 떠올랐다. 그날도 고깃집 주방에서 열심히 불판을 닦고 있는데 밖에서 웅성웅성하는 소리가 들렸다. 내 이름을 부르는 소리도 들렸다. 누군가 주방 안으로 들어오는 듯했다.

"너 여기서 일하고 있니?"

익숙한 목소리에 고개를 들었다. 교수님이셨다. '네가 왜 여기 있어?'라는 표정이셨다.

"아르바이트해요."

"일한 지 오래됐어?"

"학기 초부터 줄곧 하고 있어요."

"그랬구나, 알았다. 수고해라."

교수님은 별다른 말 없이 어깨를 툭 치고 가셨다. 아마 그때 일이 마음에 걸리셨던 것 아닐까. 지각 한 번 안 하고 수업도 열심히 듣는 데다 평소 노래 잘한다고 아끼던 제자가 고깃집에서 불판 닦고 있는 모습을 보셨으니 속이 편하진 않으셨을 것이다. 하지만 이 또한 나의 추측일 뿐, 다른 이유가 있었는지도 모른다.

놀라서 펄쩍 뛸 법한 대화를 나누었음에도 겉으로 보기에 나는 별다른 미동을 보이지 않았다. 하지만 속에선 여러 가지 감정이 소용돌이쳤다. 나에게도 오리지널 곡이 생긴다는 기쁨, 드디어 데뷔 기회가 왔다는 설렘, 신인 가수로서 대중 앞에 선다는 떨림, 고단했던 지난 시간에 대한 연민과 안타까움이 지나갈 것이라는 희망 그리고 아직 짊어져야 할 현실의 무게가 고스란히 남아 있다는 자각이 한꺼번에 몰려왔다. 좋았지만 섣불리 좋아할 수 없었고, 기뻤지만 마냥 기뻐할 수만도 없었다. 꿈은 미래의 것이었으나 돈은 현실의 일이었다.

'아르바이트를 계속할 수 있을까?'

당장 아르바이트를 그만둬야 한다는 말을 들을까 봐 가

습이 줄어들었다. 그러나 다행히 매일 작곡가님을 만나 연습을 해야 하는 것은 아니었다. 아르바이트가 끝난 뒤나 주말에 연습할 수 있도록 시간 조정이 가능하다고 했다. 나를 구해줄 동아줄이 내려왔는데 한 손으로만 잡아야 하는 상황이 답답했지만, 최대한 노력해 보는 수밖에 없었다. 두 손으로 꽉 잡아야 하는 간절함이 필요하다는 걸 알고 있었으나, 내가 처한 상황에서 나머지 한 손을 놓는다는 건 그대로 추락한다는 것을 의미했다.

이야기를 마친 뒤 남은 수업을 듣고 평소대로 아르바이트를 하러 갔다. 현실을 바꿀 수 있는 기회가 왔지만 바뀐 것은 없었다. 어제처럼 오늘은 오늘의 할 일이 있었다. 그럼에도 그저 "넌 그냥 열심히 노래만 하면 된다"는 교수님의 말씀이 가슴에 남았다. 불판을 닦으며 "그래 열심히 노래만 하자. 더 열심히 하자"를 수도 없이 되뇌었다. 이것이 교수님의 말씀인지 내 생각인지 구분할 수 없었지만 마음속에 기둥으로 남아 힘들 때마다 버팀목이 되었다.

살면서 한 번은 기회가 온다는 말을 누군가는 믿지 못할지도 모른다. 그러나 인생 곡선을 바꿀 기회가 내게도 찾아왔다. 나에게도 오는데 다른 사람에게 안 올 리가 없다. 반대로 말하면 다른 사람에게 일어나는 일은 내게도 일어날 수 있다는 뜻이다. 이때의 일이 어떻게 뻗어나가고 구부러지며 내 인생을 휘감게 될지 한 치 앞도 알지 못했지만 우직한 소가 묵묵히 밭을 갈며 자신의 일을 해나가듯 나는 그저 매일매일 열심히 노래했다. 누가 알아주기를 바라서가 아니었다. 내가 나 자신에게 한 약속이었기에 지키고 싶었다. 나의 성실함을 나만은 알아주길 바랐는지도 모른다. 이렇게 트로트 가수로서의 인생이 시작되었다.

금빛 행복을 드리는, 트로트 가수 금잔디입니다

·

2부   노래에 실은 마음

01

〈영종도 갈매기〉의
단맛과 쓴맛

나의 데뷔곡은 2001년에 발표한 〈영종도 갈매기〉이다. 영종도 인천국제공항 준공식을 앞두고 발표할 신곡이었다. 원래 이 노래는 당대 최고 가수였던 모 선배님이 이미 녹음까지 마친 상황이었다. 그런데 신인 가수를 발굴하자는 이야기가 나왔고(그 과정은 나도 잘 알지 못한다), 새로운 목소리를 찾는 과정에서 내가 영광의 주인공이 되었다.

출발부터 신데렐라 같은 이야기였다. '자고 일어나니 인생이 달라졌어요!'와 같은, 내 인생에 찾아올 것이라고 기대조차 한 적 없는 일이 일어난 것이다. 〈영종도 갈매기〉를 부르게 되기까지 내가 직접 한 일은 없었다. 그저 열심히 학교를 다니고 노래 연습을 하고 아르바이트를 하느라 정신없이 산 게 전부였다. 앞에서도 말했지만 어느 날 갑자기 학교 이사장실에 불려 가 데뷔를 하게 되었다. 그것도 곡만 받은 게 아니라 앨범 제작부터 홍보까지 학교에서 전폭적으로 지원해 주겠다는 소식과 함께 말이다.

"데뷔? 내가?"

믿을 수 없었지만 사실이었다. '데뷔' '노래' '지원' 등의 단어가 귀에 들어오긴 했지만 하도 얼떨떨해서 이게 다 무슨 소리인지 전혀 실감이 나지 않았다. 내세울 거라곤 어렸을 때부터 노래를 좋아해서 열심히 불렀다는 것과 〈전국노래자랑〉에서 입상한 경력이 전부였다. 그런데 하루아침에 정식 데뷔를 하고 가수가 된다니, 게다가 평생 한 번 받을 수 있을까 말까 한 작곡가님의 곡이라니, 실감이 나지 않는 것도 당연했다.

너무 기쁜 일이 생기면 기쁜 것도 모르나 보다. 맨 처음 느낀 감정은 기쁨보다 놀람, 당혹감에 가까웠다. 호수 한가운데 돌이 떨어져서 파문이 일 듯 '데뷔'라는 파문이 기쁨으로 다가오기까지는 시간이 걸렸다. 목마른 사람에게 시원한 물이 주어진 것처럼 실컷 노래를 마시고 싶었다. 머릿속으로 무대에서 〈영종도 갈매기〉를 부르는 내 모습을 수도 없이 그려보았다. 남의 노래가 아닌 오리지널 내 노래! 간절히 꿈꾸던 일이었다. 본격적으로 노래 연습에 몰입했다. 군더더기 없이 절제된 가사였지만 그 안에는 해변의 파도처럼 굽이치는 사연이 가득 담겨 있다고 생각했다. 뜨겁게 사랑하다가 헤어진 후 내색도 못 하고 가슴앓이하는 심정을 조금이라도 담아보려 노력했다.

갈매기 슬피 우는 해변
나 홀로 하염없이 거니네
끝없는 수평선 저 너머로
그리운 그대 모습 떠올라

노을빛 곱게 물든 해변
나란히 거닐었던 그대여
그 추억 모두 잊어버렸나

노래는 전체적인 분위기를 만들어 가는 것이 중요하다. 3~4분 안에 한 편의 드라마를 만드는 것과 같다. 노래 한 곡 부르는 게 뭐 그렇게까지 어렵나 싶겠지만, 짧은 시간 안에 표현해야 하는 일이기에 고도의 몰입과 집중력을 필요로 한다. 그렇기에 곡 해석을 할 때 단어 하나, 음절 하나까지 놓치지 않고 꼼꼼하게 곱씹게 된다. 나는 가이드 녹음을 따로 두지 않는다. 노래를 잘 부르거나 남의 해석을 무시해서가 절대 아니다. 내가 사랑하는 만큼, 애정을 담아서, 진심으로 부르고 싶기 때문이다.

에너지 소모도 생각보다 크다. 방송의 경우 무대에서 서너 곡을 부르는 일은 거의 없다. 실력이 비슷하거나 나보다 장점이 많아 보이는 동료 선배 후배 가수들 사이에서 단 한 곡을 부른다. 내 무대가 아무리 좋았어도, 다음 무대가 더 좋으면 금방 잊힌다. 어떤 현장, 어떤 무대에 서든 한 곡 한 곡이 진검승부가 될 수밖에 없다.

누군가는 나에게 노래를 대하는 자세가 너무 진지하다고 말한다. 진지한 대화도 있지만 가벼운 대화도 있는 것처럼 때로는 가볍게 불러도 되지 않느냐고 한다. 경쾌한 노래를 신나게 부를 수는 있지만 노래 자체를 가볍게 여기는 것은 나에게 너무 어려운 일이다. 빠른 템포의 곡이라고 무조건 신나는 것도 아니고, 느린 곡이라고 무조건 무거운 것도 아니다. 20년 넘는 시간 동안 하나둘 공부하며 쌓아온 내공으로도 노래는 여전히 어려운데 20년 전에는 얼마나 부족함이 많았겠는가. 그런데 정작 그때는 젊음이라는 패기 하나로 밀어붙이듯 노래를 불렀으니 좋은 기회를 맞았다고 한들 부족한 것투성이였다.

위기 속에서도 기회는 반드시 오지만 준비가 덜 된 상태에서 맞는 큰 기회는 때로 독이 되기도 한다. 내 인생의 빛이 될 것이라고 믿어 의심치 않았던 데뷔곡은 10년 무명이라는 장대한 어둠의 서막이 되었다. 절대 오해하진 않았으면 좋겠다. 노래에는 아무 문제가 없었다. 곡도 좋았고 가사도 좋았고 편곡도 좋았던 〈영종도 갈매기〉는 아무 잘못이 없다. 다만, 내가 그 노래를 제대로 살릴 만한 준비가 되어 있지 않았던 탓이다.

부푼 꿈을 안고 녹음한 나의 데뷔곡은 희로애락을 담고 있는 트로트처럼, 인생의 단맛과 쓴맛을 모두 안겨준 노래가 되었다. 게다가 더 큰 일이 있었다. 대가 정풍송 선생님의 신곡을 받은 신인 가수가 되었지만, 첫 만남에서 선생님께 크게 찍혀버렸던 것이다. 그리고 이후 20년 동안 선생님께 미움받는 신세가 되었다. 오해가 있는 줄 알았다면 적극적으로 풀기라도 했으련만, 세상 물정 모르고 눈만 껌벅이다가 미운 오리 새끼가 되어버렸다. 나중에 시간이 많이 흐르고 선생님이 덜 무서워졌을 무렵, 이때 일을 한번 여쭤본 적이 있었다.

"선생님, 그때 저 왜 그렇게 미워하셨어요?"

"싸가지가 없어도 너무 없어 보였거든."

"제가 그렇게 싸가지가 없어 보였어요?"

"엉덩이를 쭉 빼고 앉아서 졸기만 하다가 노래하라면 하는 둥 마는 둥 했으니까."

내가 정말 그랬던가. 아마 선생님이 기억하시는 게 맞을 것이다. 그래도 한 가지 변명을 하자면 당시의 나는 노래에 대해서 아는 것이 너무 없었던 반면, 몸은 지나치게 고단한 신세였다는 것이다. 학교에서 공부하랴, 하루도 빼놓지 않고 아르바이트하랴, 처음 보는 선생님 앞에서 긴장한 채 노래하고 녹음하랴, 언제 어디서 곯아떨어져도 이상하지 않은 일이었다.

녹음을 하러 오가던 때의 나는 그야말로 숨어 있는 영혼이라도 탈탈 털어 온 힘을 쥐어짜 내야 하는 상황이었다. 그동안의 피로가 몸에 고스란히 쌓여 언제 터질지 모르는 폭탄처럼 시시각각 커지고 있었다. 쏟아지는 잠을 참으며 밤늦게까지 녹음을 하고 새벽이 되어서야 다시 학교로 돌아왔다. 두 번은 오지 않을 천금 같은 기회였기에, 정말이지 죽을힘을 다해 최선의 노력을 기울였다. 그러나 정말 열심히 하겠다는 마음과 달리 피곤에 절어 있던 몸은 녹음실에 도착할 때쯤이면 오래된 낡은 소파처럼 푹푹 꺼져버렸다.

새파랗게 어리다 못해 새까맣게 어린 애가 와서는 첫날부터 졸고 앉았으니 선생님 눈에는 얼마나 답답하셨을까. 속에선 열불이 치솟고 머리 꼭대기까지 화가 나셨을 것이다. 어떻게 주어진 기회인데! 넙죽 엎드려 절을 해도 부족할 판국에 도대체 노래를 할 생각이 있는지 없는지, 밉상도 그런 밉상이 없었을 터였다. 몇 번을 돌이켜 생각해 봐도 녹음은 고사하고 당장 내쫓기지 않은 것만 해도 감사한 일이었다.

다행히 노래는 칭찬을 많이 받았다. 녹음도 잘 나왔다. 문제는 기대한 만큼 반응이 나오지 않았다는 것이다. 학교에서 지원받아 제작을 했지만 홍보를 어떻게 하는지조차 몰랐고, 학교 쪽도 '홍보 마케팅'을 어떻게 해야 할지 감이 없었다. 나 역시 노래나 부를 줄 알았지 노래 한 곡, 앨범 하나를 제작하는 일에 앞뒤로 어떤 일정이 필요하고 어떤 전략이 필요한지 전혀 몰랐다. 아무리 몰라도 그렇게 모를까 싶을 만큼 몰라도 너무 몰랐다. 유명 가수들의 신곡은 나오자마자 1등도 하고 2등도 하고 길가에서도 들리고 고속도로에서도 울리니 노래만 발표하면 그냥 저절로 잘되는 건 줄 알았다. 소속사도 없는 신인 가수의 노래가 화제가 좀 되었다고 크게 히트하길 바라다니, 어떻게 그토록 무지할 수 있었는지 지금 생각해도 얼굴이 화끈거린다.

한번 꼬이면 풀기가 쉽지 않은 법인지, 녹음 이후에 맺은 계약도 제대로 이행되지 않았다. 이때 계약을 했던 소속사나 매니저와도 어렵게 관계를 청산했다. 마음고생을 심하게 했던 기억이 남아서인지 지금도 이 일을 생각하면 마음 한구석이 아려올 때가 있다. 후회, 자책, 아쉬움, 혼란 등의 감정조차 사치로 여기며 살았는데, 정작 일찍 찾아온 기회를 더 나은 방식으로 잡지 못하고 복잡한 감정 덩어리로 남겨놓아버렸으니, 이런 아이러니가 또 있을까. 결과적으로 〈영종도 갈매기〉는 아쉬움을 많이 남긴 곡이 되었다.

'내가 좀 더 괜찮은 상황에서 만났더라면 더 나은 결과를 만들지 않았을까?'

'더는 어떻게 할 수 없을 만큼 최선을 다했으니 노래와의 인연은 거기까지였던 걸까?'

대답 없는 질문을 공중에 던져봐도 돌아오는 건 미련뿐이다. 이제 막 세상을 향해 조심스레 한 발 들여놓았던 20대 초반의 신인 가수가 어떻게 이런 감성으로 노래 부르냐며 칭찬해 주시던 말씀들도 이제는 기억으로만 남았다. 아기와 다름없는 생초짜 신인 가수였던 때에 비하면 20여 년이 지난 지금은 연륜이 쌓여 곡도 가사도 훨씬 더 깊게 이해하는 나이가 되었지만, 그때의 감성은 그 나름대로 의미가 있었을 것이다.

내 인생의 빛이자 그림자인 〈영종도 갈매기〉. 언제부터인가 아픈 과거를 떠올리지 않고, 노래 자체가 좋아서 부를 때가 많아졌다. 살다 보면, 살아진다고 하던가. 힘든 기억도 지나고 나면 추억이 되고, 가슴에 맺혔던 일도 세월 따라 풀려나는 법인가 보다. 시간은 흐르고 노래는 남아서 서툴고 실수투성이였던 청춘의 한 페이지를 아련하게 펼쳐본다.

금빛 행복을 드리는, 트로트 가수 금잔디입니다
•

02

노래만 할 수 있다면

〈전국노래자랑〉 연말 결선에서 수상을 하고, 〈영종도 갈매기〉로 데뷔를 하고, 앨범까지 학교에서 내주었지만 나는 여전히 무명 가수였다. 노래만 내면 가수가 되는 줄 알았는데 세상 물정을 몰랐고 철도 없었다. 옆에서 이렇게 하면 된다고 알려주는 사람도 없었다.

졸업은 가까워져 오는데 미래는 멀어졌다. 한마디로 '막막'했다. 노래는 계속하고 싶었지만 노래에만 집중할 수도 없었다. 먹고사는 문제가 언제나 턱밑에서 나를 위협하고 있었기 때문이다. 학교 다니면서 노래만큼이나 꾸준히 한 게 아르

금빛 행복을 드리는, 트로트 가수 금잔디입니다
•

바이트였다. 덕분에 집안의 빚을 갚으면서도 돈을 조금 모을 수 있었다. 학교를 다닌 지 2년이 되어가면서 졸업할 때가 다가오자 진로를 결정해야 했다. 취업전선에 뛰어들 것인지 공부를 계속할 것인지 고민한 끝에 4년제 대학에 편입을 하기로 결심했다.

이때도 고등학교 은사님이신 김제림 선생님께서 큰 도움을 주셨다. 내가 가고자 했던 학교는 동덕여자대학교 방송연예과였다. 앞으로의 활동을 생각해서라도 서울에 있는 학교에 가고 싶었다. 이런저런 점을 고려했을 때 동덕여자대학교 방송연예과는 나에게 딱 맞는 학교였다. 문제는 실기시험 중에 연기가 있다는 것이었다.

다른 수험생들은 학원을 다니며 오랫동안 준비해 왔을 터였다. 그러나 나는 그럴 시간이 없었다. 돈도 없었지만 레슨을 받으러 학원에 오갈 시간도 없었다. 그럴 시간에 아르바이트를 하나 더 하면 했을까.

그렇다고 태평하게 마음 놓고 있을 수도 없었다. 노래나할 줄 알지, 평생 연기의 '연' 자도 해본 적이 없었으니 그야말로 걱정이 태산이었다. 도무지 답을 찾을 수 없어 인생 멘토였던 김제림 선생님께 전화로 의논을 드렸다. 그랬더니 선생님께서 걱정하지 말라고, 연기는 네가 진짜 잘할 거라며 웃으시는 게 아닌가.

"선생님, 저 놀리시는 거죠? 제가 무슨 연기를 잘해요."

"연기가 뭐 별거냐. 걱정 하나도 안 해도 된다. 내가 보내줄 게 있으니 그거나 받아봐라."

도대체 뭘 보내신다는 건지 초조한 마음으로 기다렸다. 며칠 후 소포가 도착했다. 작은 상자 안에는 예전에 내가 선생님께 보낸 편지의 복사본이 가득 들어 있었다. 마음을 털어놓을 사람이 없었던 나는 틈만 나면 선생님께 편지를 썼는데, 그걸 하나도 버리지 않고 모아두셨던 것이다. 그것만으로도 코끝이 찡해졌다. 선생님께 바로 전화를 드렸다.

"이건 다 뭐예요?"

"네가 쓴 편지지. 너 나한테 줄기차게 사랑 고백했잖아."

"너무해요!! 그걸 지금 놀리시는 거예요?"

"이놈아, 그게 네 눈엔 뭐로 보이냐? 그게 대본보다 더 좋은 거야."

"이게 왜요?"

"연기는 대사가 다가 아니라 감정이야. 시험 보러 가기 전에 예전에 썼던 편지 읽어보면서 그때 감정을 떠올려봐. 그리고 그 감정을 그냥 자유롭게 생각나는 대로 말해봐. 그걸 연기라고 생각하지 말고, 그냥 느끼는 대로 웃듯이, 울듯이 말해보거라. 내 말 믿어. 넌 합격이야."

지푸라기라도 잡는 심정으로 며칠 동안 선생님이 일러주신 특훈(?)을 했다. 드디어 시험 날. 실기시험은 정해진 대본을 읽는 것이 아니라 자유 연기였다. 나는 속으로 '에헤라디야!' 쾌재를 불렀다. 며칠 동안 감정을 느끼고 쏟아내듯 말하는 연습을 했기에 자신 있었다. 자유 연기였으니 어떤 상황을 설정하든 내 마음대로 할 수 있다는 점도 유리했다. 감정을 극한으로 고조시킬 상황! 연기보다 상황 설정에서 판가름이 날 듯했다.

'시한부. 사랑하는 사람. 부모님 반대.'

흔한 클리셰였지만 정서적으로 깊고 빠르게 몰입하기에는 최고였다. 연기를 배운 적은 없지만 그 상황에 놓인 사람이라고 나 자신에게 최면을 걸었다. 그러자 이게 웬일인가. 살면서 경험해 본 적 없는 일임에도 마치 진짜 그 일을 겪고 있는 사람에게 빙의된 것처럼 뜨거운 눈물이 쏟아졌다. 내가 연기를 하고 있다는 생각조차 하지 못할 만큼 열연(?)을 펼쳤다. 결과는 합격. 동덕여자대학교 방송연예과 3학년으로 편

입하게 되었다. 이때의 연기 열정이 죽지 않고 씨앗으로 살아 남은 덕분에 〈사랑과 전쟁〉에 조연으로 출연하기도 했다.

편입시험에 합격한 것 못지않게 기쁜 일이 또 한 가지 있었다. 장학생으로 선발된 것이다. 정해진 성적만 잘 유지하면 졸업할 때까지 무조건 장학금을 받을 수 있었다. 편입을 하기 전에도, 하고 난 후에도 줄곧 장학금을 받은 건 엄청난 행운이었다. 서울로 터전을 옮긴 뒤로도 여전히 집안의 빚을 갚아야 했기에 학비에 대한 부담을 던 것은 천만다행한 일이었다. 비싼 등록금에 생활비까지 벌어야 했다면 휴학을 밥 먹듯이 했을지도 모르고, 학업에 대한 부담도 커졌을 것이다.

배움을 놓치고 싶지 않아서 편입을 결정했지만, 막상 좋은 결과를 내고 나니 굉장히 자신감이 생겼다. 초등학교 때부터 공부를 잘해서 상을 받은 적은 드물었다. 그럼에도 필요하다고 생각하면 원하는 공부를 계속할 수 있는 상황을 만들어 냈다는 건 스스로 생각해도 참 기특하다. 상황이 힘들어도 내가 어떻게 해내느냐에 따라 내 삶이 달라진다는 자신감. 가진 것 하나 없어도, 부모의 지원을 받지 못해도, 돈을 버느라 숨이 턱까지 막혀도 살아갈 수 있다는 자신감. 그 자신감 하나만 있으면 괜찮다는 생각이 들 만큼 자랑스러운 결과였다.

　동덕여자대학교로 편입을 하면서 '서울살이'를 시작하게 되었다. 사람 사는 곳이 다 거기서 거기라고 생각했지만 서울에서 사는 일은 진짜 만만치 않았다. 우선 지방에 비해 물가가 너무 비쌌다. 먹고 자고 움직이며 쓰는 기본 생활비가 몇 배나 더 들었고, 그만큼 돈도 더 많이 벌어야 했다. 게다가 나이를 몇 살 더 먹고 보니 고깃집 불판 닦는 일처럼 고노동 저임금 아르바이트는 체력 소모가 너무 커서 하기가 힘들었다. 무작정 아무 일이나 하기보다 내가 잘하는 일, 노래하는 일에 집중하고 싶었다.

　'어디를 가야 노래를 하고 돈을 벌 수 있을까?'

　고민 또 고민 하다가 무대에 설 수 있는 클럽을 찾았다. '홀리데이 인 서울' 등 무대에서 노래할 수 있는 곳이 제법 많았다. 지금 생각하면 무모하다시피 한 방법이었지만, 내 안에는 남들은 모르는 '은근한 똘끼'가 있었고, 결정적인 순간에 그것이 발휘되곤 했는데, 그 순간이 바로 그때였던 것이다. 클럽의 연예부장을 직접 찾아가서 무대에서 노래를 부르게 해달라고 요청했다. 생판 모르는 어린애가 와서 노래를 부르게 해달라니, 처음엔 어안이 벙벙해서 눈을 치켜뜨던 연예부장도 노래를 한 곡 듣고 나면 오늘부터 바로 나와도 좋다고 오케이를 했다.

피크타임은 유명 가수들의 차지였다. 나는 주로 손님이 거의 없는 초저녁이나 마지막 순서를 채우는 경우가 많았다. 그래도 성실하게 해낸 덕분에 다른 클럽을 소개받는 일도 생겼다. 처음엔 한 군데를 뚫었지만 나중엔 대여섯 군데를 돌 만큼 일이 쏟아졌다.

낮엔 학교에 가서 열심히 수업을 듣고 시간이 되는 대로 일을 했다. 번 돈은 모두 집안의 빚을 갚는 데 썼다. 도대체 이 빚을 언제 다 갚을 수 있을지 앞은 여전히 캄캄했지만 조금이라도 더 벌어서 빚을 갚는 만큼 조금이라도 더 줄어들고 있다고 믿으며 악착같이 살아냈다.

공부하고, 노래하며 돈을 벌면서도 첫 번째 앨범의 실패를 딛고 두 번째 앨범을 낼 수 있는 방법을 꾸준히 찾았다. 가수로 활동하려면 소속사와 매니저를 잘 만나야 하는데 한 번 크게 데인 적이 있어서인지 누군가 매니저를 해주겠다고 찾아와도 사람을 쉽게 믿을 수가 없었다. 그러다 〈영종도 갈매기〉 못지않은 큰 기회가 찾아왔다. 고향인 홍천군에서 홍천을 알리는 기념 노래 앨범을 낼 예정인데 노래를 부를 신인을 찾는다는 소식이었다. 나에게 연락을 주신 분은 작사가 정두수 선생님이셨다.

'맙소사! 정두수 선생님이라니!'

정두수 선생님은 최고의 작사가라는 수식어로는 표현하기 부족한 분이시다. 이미자 선생님의 〈흑산도 아가씨〉, 남진 선생님의 〈가슴 아프게〉 등 트로트 역사에 길이 남을 가사를 쓰셨고, 생전에 쓴 가사만 3,500여 곡이 넘는다. 지금도 경상남도 하동에선 정두수 선생님을 기념하는 '하동 정두수 전국 가요제'가 열리고 있다. 나를 어떻게 찾아냈는지 신기했지만 "홍천 출신 중에 기가 막히게 노래를 잘 부르는 애가 있다더라"는 말을 듣고 수소문해서 찾으셨다고 했다.

사람이 죽으라는 법은 없다더니, 이런 기회가 오는구나 싶었다. 내 노래를 직접 들으신 후에 해주신 제안은 어안이 벙벙해질 정도였다.

"갖고 있던 노래도 주고 신곡도 써줄 테니 앨범은 내자. 그리고 매니저도 붙이자."

본명은 박소희이지만 새롭게 시작하는 김에 새로운 활동명을 짓는 게 어떻겠냐는 의견을 주셨다. 나도 과거를 떨쳐내고 또 다른 시간을 살고 싶어서 기꺼이 결정을 따랐다. 이렇게 갖게 된 예명이 '박수빈'이었다. 정두수 선생님께서 앨범을 내는 데 전폭적인 도움을 주셨지만 실제 활동을 하려면 소속사와 매니저가 필요했다. 자기 일처럼 여기저기 알아보시며 적절한 사람을 물색해 주셨다. 일사천리로 소속사와 매니저까지 결정되자, 정두수 선생님께서 매니저를 앉혀놓고 마지막으로 이런 당부를 하셨다.

"나는 여기까지 했으니 앞으로는 네가 잘 키워봐라. 소리가 너무 좋은 친구다."

우리나라 최고의 작사가 선생님께 인정받은 데다 두 번째 앨범까지 나왔으니 드디어 나에게도 한 줄기 빛이 내려오는 것 같았다. 그런데 문제가 한 가지 있었다. 앞으로 방송 활동을 하려면 지금까지 하던 노래 아르바이트를 모두 그만둬야 한다는 것이었다.

'당장 뭘 먹고 살지? 괜찮을까?'

걱정이 안 된 것은 아니었지만 그동안 부모님이 진 빚을 내가 대신 열심히 갚아왔으니 이제는 그만해도 되지 않을까 싶었다. 엄마, 아빠에겐 미안했으나 이제부턴 돈을 드릴 수 없겠다는 말씀을 드리고 내 생활비도 줄였다. 그만큼 제대로 된 내 노래를 부르고 싶다는 마음이 절박했다. 노래 부르는 아르바이트를 하다 보니, 좋은 노래를 실컷 부를 수 있어 행복했지만, 내 노래를 부르고 싶다는 목마름도 커졌던 것이다. 그러는 동안 학교도 무사히 졸업했다. 이제야말로 내가 원하는 일을 실컷 해보자는 욕심이 생겼다. 박수빈으로 다시 태어났으니 새로운 삶을 살 수 있을 것이라 믿었다.

그러나 인생 참, 호락호락하지가 않았다. 여전히 나는 세상 물정 모르는 철부지였다. 어렵게 다시 시작해서 신곡을 홍보해야 할 시점이었음에도 스케줄을 잡아줘야 할 매니저가 술만 마시고 일을 하지 않은 것이다. 알고 보니 계약서도 사기에 가까울 만큼 불공정한 내용이 많았다. 이 일과 관련해선 하고 싶은 말이 태산처럼 쌓여 있지만 차마 다 털어놓지도 못하겠다. 리얼하게 요약하면 완전 '망한 인생'이었다.

"뭐가 잘못된 것일까?"

왜 이런 일이 생겼는지 그리고 왜 하필이면 나에게 일어났는지 이해할 수 없었다. 잘못한 게 있다면 무릎 꿇고 울면서라도 빌고 싶었다. 하지만 어디서부터 어떻게 꼬였는지조차 알 길이 없었다. 최악의 상황이었다. 방송 활동을 위해 아르바이트를 모두 그만두었는데 정작 일이 없었다. 일이 없으니 돈이 없었고, 돈이 없으니 생활하기가 어려워졌다. 당장 월세 낼 돈, 밥 사 먹을 돈도 없었다. 하루 한 끼 제대로 챙겨 먹기 힘든 것은 괜찮았다. 두 번째 앨범을 내고도 활동하지 못하는 고통에 비하면 배고픔은 참을 만했다. 매일 자신을 다독이며 언젠가 좋은 날이 올 거라고 믿으며 참고 버텼다.

'방송에 나가는 게 쉬운 일은 아니잖아.'

앨범을 냈다 한들 무명이나 다를 바 없는 신인이 활동할 무대를 찾는 건 쉬운 일이 아닐 것이라고 생각하며 멘탈을 부여잡았다. 하루하루 망가지지 않기 위해 집중할 대상이 필요했지만 딱히 취미도 없던 내가 할 수 있는 일은 없었다. 시간이 지날수록 작아지는 건 통장 잔고 숫자요, 커지는 건 불안이었다. 월세를 밀리는 날이 많아지자 보증금이 적은 곳으로 이사를 했다. 이 몇 년 동안 이사를 얼마나 많이 했는지 살았던 곳을 일일이 떠올릴 수조차 없다. 1년에 열일곱 번을 이사한 적도 있었다. 짐 보따리 몇 개 들고 찜질방에 잠깐 머물렀다가 피시방에 잠깐 머무르는 식이었다. 거의 한 달에 한두 번꼴로 이사한 셈이지만, 솔직히 말하면 이사라는 말을 쓰기에도 사치스럽게 느껴진다. 그냥 몸을 이동한 것에 불과했으니까.

이때가 살면서 가장 힘든 시기가 아니었나 싶다. 밥 사

먹을 돈이 없어서 옥수수로 끼니를 때웠다. 하루에 옥수수 한 개를 온전히 먹지 못하는 날도 있었다. 옥수수 하나를 반으로 잘라 두 조각이 나오면 이틀 동안 나눠 먹었고, 세 조각이 나오면 사흘에 걸쳐 먹었다. 보릿고개 시절도 아니고 정말 그럴 수가 있냐고 반문할 만큼 믿기 힘든 이야기로 들릴지도 모르겠다. 하지만 그 정도로 돈이 없었다. 길바닥에서 잘 수는 없으니 밥은 굶더라도 찜질방에는 가야 했다. 가장 만만하고 값이 싼 숙소였기 때문이다.

인생 최악의 시기였지만 주변에선 내가 이렇게 사는지 아는 사람이 한 명도 없었다. 누가 나를 보면 찜질방에 놀러 왔다고 생각하지 머물 데가 없어 자러 왔다고 생각하진 않을 터였다. 내 처지가 이렇다고 솔직하게 말할 사람도 없었지만, 설령 있었다고 한들 내색하고 싶은 마음도 없었다. 알량한 자존심 때문이었을까. 발 뻗고 잘 수 있는 방 한 칸 없는 주제에 자존심만 높았다 한들, 실오라기 한 올에 불과한 자존심이라도 붙잡지 않으면 나 자신이 하염없이 망가질 것 같았다.

노래를 부르고 싶어도 부를 곳이 없었다. 불안한 상태로 선잠이 들어도 누군가에게 잔뜩 목이 졸린 것 같은 상태로 불현듯 잠에서 깼다. 아주 가끔 들어오는 행사, 그보다 더 가끔

들어오는 방송에 희망을 걸고 사는 것이 비참했지만, 그것마저 놓아버리면 내가 가수라는 사실을 나조차 잊어버릴 것 같았다. 세상에 내가 설 자리가 완벽하게 지워져 버릴지도 모른다는 공포였는지도 모른다. '박수빈'의 재도약은 '빈수박'의 재앙이 되어 돌아왔다.

"이름을 잘못 지었어. 박수빈을 거꾸로 해봐. 빈수박이지, 빈수박."

얼마나 안 풀렸으면 이런 생각까지 했을까. 지금 되돌아봐도 숨이 막힐 만큼 '힘든 시간'이었다. 이 시간을 어떻게 통과해 왔는지 기적처럼 느껴질 때도 있다. 말로 다 할 수 없을 만큼 많은 일이 있었던 이때를 그저 '힘든 시간'이라는 네 글자로 표현하는 것은 앞으로 사는 동안 절대로 두 번 다시 경험하고 싶지 않아서 과거에 묶어두는 행위와 같다.

그래도 나 스스로 잘했다고 생각한 것이 한 가지 있다. 노래를 포기하지 않았다는 것이다. 포기하고 싶었던 적은 있지만 끝끝내 포기하진 않았다. '힘든 시간'을 견딜 수 있었던 것은 내가 정신력이 강해서가 아니었다. 그저 언젠가 다시 노래하고 싶다는 소망을 놓지 못해서였다. 노래를 선택하지 않았다면 겪지 않았을 고통이지만, 나를 구원한 것도 노래였다.

지치고 고단한 시절을 견디게 했던 것도 노래였다. 어둡고 우울한 밤을 지나 해가 다시 뜨는 아침을 맞게 해준 것도 노래였다. 노래가 나를 살게 한 것이다.

03

'일편단심'이
나를 여기까지
데려왔다오

무엇이 나를 지금까지 노래하
게 하는 걸까? 노래 말고 다른 일을 하겠노라 한눈판 적 없는
걸 보면 내가 노래를 잡고 있는 것인지, 노래가 나를 잡고 있
는 것인지 모르겠다. 노래에 대한 나의 순정은 그야말로 '일
편단심'이라고 할 만하다. 가수로 승승장구해서는 아니다. 데
뷔 후 내가 비단길만 걸어온 줄 아는 사람들도 있을 것이다.
그러나 실력을 인정받고 인기를 끈 시간 뒤에는 마음고생을
한 시간이 훨씬 더 길게 자리 잡고 있다. 자랑삼아 고생담을
늘어놓고 싶은 마음은 없지만, 뒤돌아보면 어떻게 살아왔나

싶을 때도 있다.

그럼에도 노래를 포기하지 않는 이상 내가 갈 길은 하나였다. 노래를 계속 부르는 것. 돈도 없고 백도 없고 나를 아는 이들도 거의 없었지만, 버티고자 마음먹었다. 어차피 노래 외에는 할 수 있는 일도 없었다. 가장 좋아하고 가장 잘하는 게 노래였으니, 죽기 아니면 까무러치기였다. 나쁜 일을 툭툭 털어버리고 새로 시작하자고 마음먹었다. 어두운 과거에서 벗어나 다시 태어난다는 각오로 이름도 바꾸었다. 이때 정한 이름이 지금의 금잔디이다.

금잔디로 활동명을 바꾼 뒤 정규 1집 《일편단심》을 발표했다. 앨범 타이틀곡은 〈일편단심〉이었다. 이 노래는 원래 다른 가수가 부른 곡이었다. 타이틀곡도 아니었고 앨범에 수록되어 있던 여러 곡 중 하나였다. 나는 유명이든 무명이든 다른 가수들의 노래를 찾아서 거의 다 듣는 편이다. 노래를 부르는 것이 '나의 업'이라면 듣는 것은 유일한 취미라고나 할까. 한 가수가 낸 앨범은 노래가 실려 있는 트랙에 불과한 것이 아니다. 앨범의 콘셉트가 있고, 전체 구성에 따라 배열한다. 한 편의 뮤지컬이나 드라마처럼, 처음 오프닝 곡부터 마지막 엔딩 곡까지 전체를 순서대로 들었을 때 다가오는 묵

직함 같은 것이 있다.

그래서 나도 노래를 들을 때 히트곡 하나만이 아닌 앨범을 통째로 듣는다. 때론 귀가 번쩍 뜨일 만큼 좋은 노래를 발견하곤 한다. 덜 알려졌을 뿐 타이틀곡 못지않게 좋은 노래가 흙 속의 진주처럼 묻혀 있는 경우가 많은데 〈일편단심〉도 그 중 하나였다. 이렇게 좋은 노래가 묻히다니, 생각할수록 아까웠다. 작곡가인 추가열 씨를 직접 찾아갔다.

"노래를 들었는데 너무 좋아요. 누가 따로 발표하지 않는다면 제가 부르고 싶습니다. 유명한 가수는 아니지만 많은 사람이 따라 부를 수 있도록 어디서든 진짜 최선을 다해 부를게요."

간곡한 마음으로 노래를 달라고 부탁했지만 사실 내겐 비용을 낼 돈이 없었다. 다짜고짜 찾아와서 이런 이야기를 하니 황당하기도 했을 것이다. 그런데 추가열 작곡가님은 기타를 꺼내더니 나에게 노래를 불러보라고 하셨다.

나도 몰래 사랑했나 봐
아프도록 사랑했나 봐

〈일편단심〉의 첫 소절을 불렀는데 바로 오케이가 났다. 내가 불러도 좋다는 것이었다. 오히려 당황한 쪽은 나였다. 노래를 좀 더 불러야 하는 게 아닌가? 아니, 작곡가 앞에서 노래를 더 불러보고 싶었는지도 모른다.

시간 흐르고 흐르고 흘러도
그대라는 사람 못 잊을 것 같아요
나도 몰래 사랑했나 봐
가슴 아픈 사연을 담고
눈물 흐르고 흐르고 흘러도
나를 위로해 줄 그대라는 사람을

가슴이 찢어지는 아픔이 와도 두 번 다시 못 할 사랑, 내 평생 그대 사랑하다가 죽는 일이 소원이니 다음 세상에선 외면하지 말아 달라는 절절한 가사였다. 애절한 가사를 품은 곡이었지만 가사에 지나치게 얽매이지 않고 편곡을 어떻게 하느냐에 따라 분위기가 확확 바뀔 수도 있는 노래였다. 그런데 이렇게 소중한 곡을 선뜻 나에게 주시겠다는 것이 아닌가.

노래를 부른 장소는 자동차 안이었다. 잘하려고 잔뜩 폼을 잡고 부른 것이 아니라 바쁜 작곡가님에게 5분 남짓한 시간을 구하고 작은 목소리로 부른 상황이었다. 그냥 이 노래를 끄집어 세상에 내놓고 싶다는 마음 하나만으로 무작정 부딪쳐 본 것인데, 곡을 주시는 것뿐 아니라 돈도 받지 않겠다고 하시는 게 아닌가. 놀라운 일은 그 후에도 일어났다. 〈사랑과 전쟁〉으로 발표했던 타이틀곡도 제목을 바꾸어 부르면 어떻겠냐고 제안을 해주신 것이다. 그 노래는 〈권태기〉라는 제목으로 《일편단심》 앨범에 같이 실리게 되었다.

내 곁에서 꿈꾸고 있는 그대는

정말 나를 사랑해서 만났나요

스쳐 가는 인연처럼 하룻밤

그렇게 보냈던 건가요

알 수 없는 너의 맘을 믿고 사는

정말 바보 같은 나를 보면서

사랑보다 끊지 못할

더 깊은 정으로 사는 건가 봐요

놀라운 일은 여기에서 멈추지 않았다. 이 노래를 이토록

금빛 행복을 드리는, 트로트 가수 금잔디입니다

아끼고 좋아하니 뭐라도 해주고 싶은 마음이 든다며 작곡가님이 편곡도 그냥 해주겠다고 이야기하셨다. 하지만 무조건 받기만 하는 건 너무 염치없는 일이었다. 지금 당장 가진 돈이 없어서 곡비와 편곡비를 바로 드리진 못해도 어떤 식으로든 은혜를 갚겠다고 약속했다. 사실은 당시 세션비에 쓰려고 조금씩 모아둔 돈이 있었다. 경비를 줄이려면 MR로 기계 음악을 틀고 녹음할 수도 있었지만 직접 악기를 연주하는 것과 비교할 바가 아니었다. 노래의 품질만큼은 타협하고 싶지 않았다. 녹음실 비용과 세션비는 현금으로 드려야 했기에 최소한의 경비를 마련했던 것이다. 앨범 제작을 위해 이사님은 차까지 팔았다.

그런데 일이 잘 풀리려고 그랬는지 모든 것이 일사천리로 진행되었다. 추가열 작곡가님이 거의 모든 부분을 책임지고 알아서 해주겠다고 말씀하셨다. 너무나 많은 도움 속에서 드디어 〈일편단심〉이 세상에 나왔다. 〈일편단심〉은 발라드 트로트라고 할 수 있는 노래였는데 이런 노래를 부를 수 있는 무대가 별로 없었다. 가슴 졸이며 걱정한 것이 무색하게 센세이션하다고 할 만큼 반응이 좋았다. 새롭게 편곡하며 아코디언 연주를 넣은 것이 제대로 한 방이 된 것이다. 앤티크 트로트라고 불리는 고전적인 형태가 낯설면서도 새롭게 다가간 덕분이었다. 아코디언 연주를 맡았던 연주자는 알렉스라는 이름의 러시아 분이었다. 신기하게도 우리나라 트로트에 꽂혀 계셨고, 그 덕분에 트로트 감성을 제대로 구현해 낼 수 있었다. 공연을 다닐 때마다 아코디언 연주를 해주시며 많은 시간을 함께했다.

〈일편단심〉은 '금잔디'라는 이름으로 세상에 내놓은 첫 번째 노래이기도 했지만 내 인생을 관통하는 주제 같아서 더욱더 마음이 갔다. 아마 노래에 끌린 이유도 노래 자체가 훌륭하고 좋았다는 것 외에 아무리 시간이 지나도 변하지 않는 마음이 있다는 것을, 부침 많은 세상에서 누구 한 명은 한결같음을 품고 있다는 것을, 노래를 향한 내 마음을, 어떤 식으로든 드러내고 싶었기 때문이 아니었을까. 우리 안의 생각과 우리가 살아가는 인생은 거울처럼 서로를 비춘다는 말을 들은 적이 있다. 어떤 생각, 어떤 마음을 갖고 사느냐에 따라 그에 맞춰 인생이 형성되고, 자신이 살아가는 삶에 따라 사는 대로 생각하게 된다는 것이다.

그렇다면 내 안의 일편단심이 〈일편단심〉이라는 노래를 만나게 했고, 〈일편단심〉 노래를 부르면서 비로소 진짜 내 안

의 일편단심을 만나게 된 게 아닐까. 10년 동안 흙 속에 묻혀 있다가 세상 밖으로 싹을 틔운, 진짜 금잔디로 태어나게 된 것이다.

04

이런 오라버니
세상에 어디 없나요

　　　　　　　　　　　　　　　내 노래 중에서 애교가 듬뿍
담긴 곡을 꼽으라면 단연 〈오라버니〉다. 전주부터 흥이 돋는
다. 관객의 몰입을 높이고 한바탕 신명을 올리기에 이만한 노
래가 없다. 모두 다 한마음으로 신나게 박수 치며 목청 높이
'오라버니'를 외치는 동안엔 너 나 할 것 없이 어여쁜 여동생
마음이 된다. 부르는 사람도 듣는 사람도 미소 짓게 만드는
이 노래는 나에게도 '전성기'를 가져다주었다.

　　오라버니 어깨에 기대어 볼래요

커다란 가슴에 얼굴을 묻고
지금 이대로 죽어도 여한 없어요
난 정말 여자라서 행복해요

가사만 들으면 세상 이렇게 여성스러운 노래가 없다. 하지만 솔직히 내 성격과는 어울리지 않는다. 나를 아는 사람들은 "금잔디 안에 아저씨 있다"고 할 정도로 성격이 괄괄한 편인데 아이러니하게도 〈오라버니〉는 내 최고 히트곡이 되었다. 자신에게 맞는 노래를 불러야 잘된다는 말도 있지만 어떤 노래를 부르느냐에 따라 분위기가 달라지기도 한다.

어떤 노래는 전체적으로 무난한데 한 대목에 걸려 유난히 안 넘어갈 때가 있다. 꺾어도 보고 당겨도 보고 밀어도 봐도 영 마음에 안 든다. 그러다 어느 순간 다 내려놓고 부를 때 온몸에 찌르르 전율이 돈다. 수백만 가지 감정을 다 쏟아낸 후 마음이 텅 비면 그제야 밑바닥을 맑게 비추는 거울 같은 노래가 나오는 것이다. 그리고 거울이 보는 사람의 얼굴을 비추듯, 이런 노래는 듣는 사람의 마음을 비춘다.

노래는 친구와 같다. 부정적인 생각을 많이 하는 친구들과 어울리면 나도 모르게 부정적인 생각을 하게 되고, 긍정적인 말을 많이 해주는 친구들을 만나면 긍정적인 영향을 받는 것처럼 어둡고 우울한 노래를 부르면 우울해지고, 밝은 노래를 부르면 활기가 돈다. 차분한 성향을 가졌다고 밝은 노래를 못하지 않고, 발랄한 친구들도 애절한 발라드를 잘 소화한다. 그렇더라도 '완전 찰떡이다!'라고 생각되는 노래를 만나면 마치 마음이 맞는 친구를 만난 것처럼 편안하다.

그리고 보면 가수가 자기 성격과 맞는 노래만 부를 수는 없지만, 어떤 노래를 만나느냐에 따라 조금 달라지는 것 같다. 애교가 없는 나도 이 노래를 부를 땐 마치 세상에 단 한 명밖에 없는 오라버니를 생각하듯 부르곤 하니 말이다. 노래 덕분에 없던 애교가 생긴 것인지, 넉살이 생긴 것인지 알 수 없지만 나도 몰랐던 내가 내 안에 숨어 있다가 노래를 통해 해방된 것일지도 모른다는 상상을 해본다.

연인 같은 오라버니가 아니더라도 친오빠 같은 오라버니가 있다면 얼마나 든든할까 싶다. 하지만 친오빠 같은 오라버니도 결국은 '오빠 같은'이지 친오빠는 아니다. 친오빠가 있다고 한들 나의 이상형에 딱 들어맞을 리는 없다. 결국은 밖에서 찾을 게 아니다. 그야말로 '뭣이 중헌디'를 모르면 엉뚱한 데 가서 화풀이를 하거나 이유 없이 서글퍼한다.

노래는 참 신기하다. 부르면 부를수록 어렵고 새롭고 인생의 다른 면모를 발견하게 한다. 발라드라고 무조건 아름답거나 슬프기만 한 것이 아니다. 현미경처럼 쪼개서 들여다보면 '내 마음대로 안 되는 일을 어찌할 수 없어서' 울고불고하는 인간의 마음이 들어 있다. 신나고 경쾌한 노래 뒤편에는 현실을 잊어버리고 회피하고 싶은 나약하고 소심한 마음도 한 방울 섞여 있다. 같은 노래라도 10대가 부르는 것과 20대, 30대, 40대, 50대가 부르는 것이 다른 이유도 노래에 대한 해석이 다르기 때문이다.

노래에 대한 해석이 다른 것은 사람을 보는 눈이 다른 것과 같다. 어릴 땐 나한테 잘해주는 사람이 좋은 사람이라고 생각했다. 어떤 의도를 갖고 다가오는지를 모르니 그저 겉으로 보이는 말만 믿기도 했다. 시간이 지나고 조금씩 세상살이를 경험할수록 그 사람의 말보다 행동을 보게 되고, 행동이 만들어 내는 태도를 가늠하게 되었다. 나이스한 태도를 보이지만 가슴 깊은 곳에 날카로운 가시를 숨기고 있는 경우도 있었고, 두루뭉술해 보이지만 날카로운 식견을 갖추고 사리를 분간하는 경우도 많았다. 결국 이것이 전부다, 이것만 중요하다고 말할 수가 없어진다. 필요에 따라 더러는 가시를 꺼내기도 하지만 더러는 그냥 덮기도 하면서 상황에 맞게 그때그때 적절하게 말하고 행동하는 것이 중요하다는 사실을 깨닫는다.

빛이 있으면 그림자가 있고, 산이 높으면 골짜기가 깊다고 했다. 채워야 비울 수 있고 비우면 채우게 된다. 〈오라버니〉는 애교 가득한 노래지만, 애교만 100퍼센트 채운다고 맛깔스럽게 소화할 수 있는 노래는 아니다. 애교스러움을 돋보이게 하려면 무심한 표정을 슬쩍슬쩍 보이는 것도 멋이고 맛이다. 이런 부분을 매번 노래할 때마다 계산하진 않지만 신곡을 받아 연습할 때면 무대에서 보이지 않는 부분까지 생각하게 된다. 그게 비록 딱히 상관없는 일일지라도 이런저런 생각으로 해석을 하다 보면 노래가 더욱더 풍성해질 때도 있다.

그래서 같은 노래라도 부르는 사람에 따라 다른 노래가 된다. 〈오라버니〉를 열 사람이 부르면 열 명의 오라버니가 탄생한다. 어떤 오라버니는 신나고, 어떤 오라버니는 다정하며, 어떤 오라버니는 애교가 넘친다. 이렇게 다양한 표현이 가능하기 때문에 노래 부르는 맛도 나고 노래 듣는 맛도 나는 게 아닐까.

가수마다 다양한 표현이 가능한 이유는 저마다 감정의

결이 달라서일 것이다. 예를 들어 초록색을 생각해 보면, 누군가는 연둣빛이 살짝 감도는 봄날의 초록을 떠올릴 것이고, 누군가는 짙은 녹음을 드리우는 한여름의 초록을 떠올릴 것이다. 봄날의 초록이라고 어디 다 같은 초록이겠는가. 이루 헤아릴 수 없이 넓은 스펙트럼을 지니고 있을 것이다.

내 마음도 이렇게 넓은 스펙트럼을 갖고 있다면 얼마나 좋을까. 내가 나 자신을 돌아볼 때 가장 아쉬운 점이 유연성의 부족이다. 생각을 많이 하며 고심하지만 한번 결정을 내리면 후진 없는 '노빠꾸'일 때가 많다. 아마 어렸을 때부터 혼자 결정하고 실행하고 책임져야 할 일이 많았기에 그걸 당연하게 여기며 살아온 습관이 붙어서일 것이다.

〈오라버니〉는 이렇게 고지식한 나를 변화시켜 준 고마운 노래다. 어울리지 않는 옷도 입어보고, 먹어보지 않은 것도 먹어보고, 가지 않던 곳도 가보면서 삶의 지평을 넓히듯 "이건 나랑 안 맞아! 싫어!"라고 외치며 완강하게 고집부리던 부분을 살짝 구부리면 새로운 경험이 다가온다. 내가 좋아하고 자주 부르던 노래와 결이 많이 달랐기에 더욱 고심했던 노래가 내 인생 최고의 히트곡이 된 것처럼 말이다.

05

당신은 명작

2022년, 데뷔 20주년 기념 앨범을 냈다. 네 번째 정규 앨범이었다. 데뷔곡이었던 〈영종도 갈매기〉는 물론 그동안 냈던 노래들도 새롭게 리메이크해서 총 12곡을 실었다. 앨범을 낼 때 좋은 곡들이 많았는데 타이틀곡 외에는 알려질 기회가 적었다. 신곡만 고집할 게 아니라 빛을 보지 못한 노래들을 재탄생시키는 것도 나쁘지 않을 듯했다. 앨범에 실린 노래는 일부러 나만의 감성을 짙게 드러낼 수 있는 발라드 위주로 골랐다. 그동안 고속도로 메들리와 〈오라버니〉의 히트로 '금잔디=밝은 이미지'가 공식화되다시피 해 이것을 깨뜨리고 싶었기 때문이다. 내가 경험한 슬픔과 아픔이 가슴에 켜켜이 쌓여 있었기에 밝은 노래뿐 아니라 애절한 노래도 부를 수 있다는 것을 보여주고 싶었다. 공들여 찍은 화보까지 담아낸 앨범의 콘셉트는 '리멤버(remember)', 타이틀곡은 〈당신은 명작〉이었다.

아름다워라 당신이 내 곁에 오신 이후로
세상이 살 만해지고 위로가 되었습니다
아프지 맙시다 건강합시다
잡은 두 손 놓지 말고 사는 게 힘들 때 잡아줍시다
세상이 무겁더라도 당신은 하늘이 준 명작이오
난 당신을 그리는 화가일세
한 폭에 잘 그린 그림처럼 아름답게 살아갑시다

사마천 작사, 알고보니 혼수상태 작곡인 〈당신은 명작〉은 이번 앨범에 넣기 위해 새로 만든 신곡은 아니었다. 8년 전쯤 한번 받은 적 있는 노래였다. 그러나 아무리 좋은 노래라도 자신의 때가 있는 법인지, 당시엔 가사가 너무 동화 같아서 부르지 않겠다고 고집했다. 그러다 마흔이 넘은 뒤에야 진가를 알아보게 된 것이다. 인스타그램에 3집이라고 자랑했는데 쇼케이스 전날 앨범을 받고 뒤늦게 4집이라는 걸 알았다. 앨범에 실린 사진을 한 장 한 장 넘길 때마다 감회가 새로웠다. 돌아보면 순간 같지만 길고 긴 세월이었다. 갓 태어난 아이가 성인이 되는 시간이었다. 그 시간 동안 무대를 떠나지 않고 노래를 불러온 자신이 대견했다.

"20년 동안 너무 고생했고, 너무 잘했어."

이날만큼은 아낌없이 나를 칭찬해 주고 싶었다. 마음 여리고 눈물도 많지만 정작 자신을 칭찬하는 일에는 스크루지처럼 인색했다. 그래서였을까. 제대로, 마음껏, 스스로를 인정해 주고 싶었다. 울컥해진 마음에 툭 터진 눈물이 밤새 그칠 줄 몰랐다.

2022년 2월 4일 서울 CGV 영등포 스타리움관에서 데뷔 20주년 정규 앨범 발매 기념 쇼케이스가 열렸다. 현장 반응도 좋았지만 〈당신은 명작〉 타이틀곡과 음반에 대한 반응도 좋았다. 20주년 앨범을 기점으로 활동에 박차를 가할 수 있을 것 같았다. 그러나 인생은 예측 불허. 그래서 의미를 갖는다고 했던가. 코로나19 확진자가 늘어나면서 행사 및 예정되어 있던 무대가 줄줄이 취소되기 시작했다.

행복한 시간은 유난히 빨리 흐르고 고통스러운 시간은 죽을 만큼 느리게 간다고 한다. 지난 20년이 순식간에 지나 간 것을 보니 그래도 가수로 노래하며 살아온 인생이 제법 괜찮았구나, 라는 생각이 들었다. 앨범 주제 그대로 '리멤버'였던 셈이다. 동시에 앞으로 어떻게 살며 어떤 시간을 보내야 할지에 대한 생각도 많아졌다. 우선 바쁘다는 핑계로 돌보지 못했던 건강부터 더 챙겨야 했다. 그동안 자주 못 만났던 친구들과 지인들도 보고 싶었다. 이런저런 생각이 많았지만 수많은 생각의 종착역은 언제나 '노래'였다. 코로나19가 닥칠지 예측조차 못 했던 것처럼 미래는 더 이상 예측 가능한 대상이 아니었다. 앞으로 얼마나 더 노래할 수 있을지, 내가 언제까지 가수로 남아 있을지, 내가 설 무대가 있을지 장담할 수 없었다.

평소 힘든 일이 있어도 오래 붙잡고 있거나 미련을 두는 성향은 아니다. 성격도 털털하다 못해 덜렁거리는 편이다. 이런 내가 엄청나게 진지하고 신중해지는 때가 바로 노래와 관련된 일일 때다. 세상의 모든 노래를 무한대로 부를 수 없으니, 어떤 노래를 선택할지 곡을 준비할 때마다 진지하다 못해 예민해지기까지 한다. 지난번과 비슷한 분위기로 갈지, 완전히 방향을 새롭게 틀지, 최신 유행을 따를지, 가장 잘하는 장르를 밀고 나갈지 생각할 게 한두 가지가 아니다. 전쟁을 앞두고 전략과 전술을 짜는 장군의 마음 같다고나 할까.

노래를 부른다는 건 단지 목으로 소리를 내는 게 아니다. 감정이 실려야 하고, 표현을 해야 하고, 전달이 되어야 한다. 기교적으로 잘 부른 노래는 사람들의 감탄을 받을 수 있지만 마음을 움직이는 감동을 주지는 못한다. 테크닉이 중요하지 않다는 이야기가 아니라 노래의 본질이 테크닉에 있지 않다는 말이다. 프로 가수가 부르는 이별 노래보다 시골 촌부가 부르는 아리랑 한 자락이 더 진한 눈물을 쏟게 만들기도 한다. 음정, 박자 정확하게 부르는 가수보다 음정도 엇나가고 박자도 놓치는데 왠지 더 듣고 싶은 이웃의 노래도 있다. 그래서 노래를 부르는 입장에선 이 노래를 어떻게 불러야 할지 스스로 감을 잡는 게 정말 중요하다.

무조건 이렇게 불러야 한다고, 누가 시키는 대로 부르고 싶은 가수는 없을 것이다. 나는 더욱 그런 성향이 강하다. 물론 작곡가님과 작사가님의 의도를 충분히 들으면서 곡을 이해하고 해석하며 조율하지만 최종적으로는 내가 부르고 싶은 방향으로 결정할 때가 많다. 내가 선택한 노래니까 최선을 다

해, 내가 줄 수 있는 최고의 애정을 기울여 부르고 싶기 때문이다. 다른 건 몰라도 노래 하나만큼은 욕심부릴 수 있는 만큼 부리고 싶은가 보다.

스스로 열심히 하는 분야에서 자기 목소리를 내고 싶은 사람이 어디 가수뿐이겠는가. 배우들도 작품을 선정할 때 비슷하지 않을까. 대본을 받지 못할 땐 오디션에 합격한 대로 주어진 배역이 소중하지만, 어느 정도 작품을 고를 수 있을 만큼 성장하면 오히려 고르는 일이 어려워진다. 선택의 대가로 지불하는 '시간'의 의미를 알기 때문이다. 가수에게 시간은 '달콤한 당신'이기도 하지만 '무정한 님'이기도 하다. 작품 하나가 잘되면 몇 년 동안 신나게 달릴 수 있는 8차선 고속도로가 뚫리지만 망하기라도 하면 발이 묶인다. 활동은커녕 홍보하기도 어려운 상황에서 1~2년은 눈 깜박할 사이에 훅 지나가 버린다. 잘 나가다가 신곡이 망해서 그대로 묻힌 가수들도 부지기수다.

음반을 하나 내려면 몇 년이 걸린다. 요즘엔 디지털 음원으로 한두 곡씩 발표하기도 하지만 그렇다고 도깨비방망이를 휘두르듯 "노래 나와라, 뚝딱!" 한다고 나오는 게 아니다. 곡을 받은 뒤에도 녹음 과정에서 또 변수가 생긴다. 이렇게도 불러보고 저렇게도 불러보고, 코러스를 넣고 믹싱을 하는 등 손이 많이 가는 일이기도 하려니와 그렇게 공을 들여도 반드시 히트 친다는 보장이 없다. 부르고 싶은 노래가 있다고 하늘에서 뚝 떨어지는 것도 아니고 땅에서 폭 솟는 것도 아니다. 작곡, 작사, 편곡, 녹음까지 맞아떨어져야 노래 한 곡이 탄생한다. 시간이 갈수록 신중해질 수밖에 없는 것이다.

다른 가수가 부른 노래가 너무 좋아서 "내가 불렀으면 좋았을걸" 할 때도 있다. 남이 먼저 불렀더라도 내가 부르고 싶은 노래라면 커버를 하기도 한다. 내가 부른 노래 중에도 좋은 곡들이 많다. 잘 불러서가 아니라 노래가 처음부터 워낙 좋았다. 좋은 노래는 누구라도 알아보는 법인지, 감사하게도 많은 후배가 커버 송으로 불러주었다. 좋은 노래를 부르고 싶은 마음은 다들 비슷해서가 아닐까.

사실 가수의 길에 접어들기까지 갖춰야 할 조건이 많다. 실력이 뛰어나거나 음색이 특이하거나 가슴 절절하게 한을 가진 목소리거나, 하여튼 뭐라도 갖고 있어야 한다. 단지 노래를 잘한다고 가수가 되는 것도 아닌 듯하다. 일반인 중에도 가수 뺨치게 노래를 잘하는 분들이 많으니 말이다. 그렇다면 무엇이 사람의 마음을 움직이는 노래로 만드는 걸까?

결국엔 진심인 것 같다. 내가 노래를 선택할 때 신중하고 또 신중해지는 이유도 진심을 담아 부르고 싶기 때문이다. 히트 칠 것 같은 노래, 무조건 먹힐 것 같은 노래에 아예 욕심이 없다면 거짓말일 것이다. 나도 사람이니 고생한 만큼 보람을 느끼길 바라는 것도 맞다. 그러나 히트곡이 될 것 같은 노래만 골라낼 수도 없거니와 일단 내가 마음이 가야 노래도 잘 나온다. 그런 노래는 어려워도 부르는 맛이 있고 멋도 있다.

그래서 20주년 기념 앨범이자 네 번째 정규 앨범에 들어갈 곡 리스트에 더욱 마음을 쏟았던 것인지도 모른다. 그동안 가수로 사랑받았던 것에 대한 감사의 마음이자 내가 앞으로 나아갈 이정표이기도 했으니 말이다. 타이틀곡인 〈당신은 명작〉을 비롯해 〈지름길〉 〈소나기〉 〈울 아버지〉 〈교차로에서〉 〈나를 살게 하는 사랑〉 〈꽃 사세요〉 〈흰 구름〉 〈영종도 갈매기〉 〈나를 두고 가거라〉 〈사랑탑〉 〈시치미〉에 이르기까지 12곡을 다시 불렀다. 세간에 잘 알려진 노래도 있고, 잘 알려지진 않았지만 내가 곱게 아끼던 곡도 있다. '어? 그 노래가 왜 빠졌지?'라며 의아해하시는 분들도 계실 것이고, '와! 이런 노래도 불렀구나!'라고 새롭게 봐주는 분들도 계실 것이다. 어느 쪽이든 12곡 전부 내 진심을 담은 노래라는 사실에는 변함이 없다.

가수로서 살아온 20년을 정리하면서 내 마음도 한결 가벼워졌다. 오래된 물건들을 정리하고 죽은 공간을 살리며 자신의 집을 새롭게 단장한 사람처럼, 묵은 짐처럼 끌고 다니던 부담감을 내려놓으니 홀가분한 마음이 든다. 앞으로 어떤 노래들을 만나게 될까? 설레는 마음으로 기다려 본다.

가수는 누구보다 감정에 민감한 사람들이다. 노래에 감정을 실어야 하기 때문일 것이다. 음표 하나, 쉼표 하나에도 미묘한 무언가가 담겨 있다. 내가 노래를 만들어 가는 것도 있지만 이 노래가 무엇을 말하는지, 무엇이 담겨 있는지 찾아 들어가는 게 우선이다. 가사 없이 흥얼거릴 때의 느낌과 가사를 붙여 부를 때, 악보를 보면서 이해하며 부를 때와 완전히 암기한 후 느끼며 부를 때 나오는 표현은 확연히 다르다. 마치 어느 유명한 조각가가 돌덩이를 보며 "이 안에 누가 계신가요?"를 물으며 돌조각을 제거해 나갔다는 일화처럼 어찌 보면 노래 부르는 일은 그 노래만이 갖고 있는 어떤 '정수'를 찾아 들어가는 작업인지도 모르겠다. 그 일을 20년 전에도, 어제도, 오늘도 하고 있다. 그리고 아마 내일도 기꺼운 마음으로 하고 있을 것이다.

금빛 행복을 드리는, 트로트 가수 금잔디입니다

06

꿈의 무대,
인생의 무대

트로트 가수마다 각자 바라는 꿈의 무대가 있을 것이다. 데뷔하기 전에는 어느 오디션이 꿈의 무대일 것이고, 데뷔한 뒤에는 단독 콘서트 공연장일지도 모른다. 또는 음악방송에서 1위를 하는 자리 혹은 〈전국노래자랑〉이거나 〈가요무대〉일지도 모른다. 특정한 무대가 아니어도 괜찮을 것이다. 그저 노래만 부를 수 있다면 장소가 어디든 그 모든 곳이 꿈의 무대로 불릴 만한 자격을 갖고 있다. 오랫동안 염원해 온 무대에 서서 노래를 부르는 그 순간이 얼마나 가슴 벅찬지 나도 잘 알고 있다. 무대는 다르겠지만 끊임없는 노력과 헌신이 만들어 낸 순간이라는 점은 같을 것이다. 모든 어려움을 극복하고, 도전을 이겨내며 나아간 결과가 바로 앞에 펼쳐진 무대일 테니 말이다.

그러다 어느 순간 꿈의 무대가 일상이 된다. 스케줄에 쫓겨 초 단위로 움직이며 무대가 끝나면 다음 장소로 이동하기 바쁘다. 식사를 한다기보다 끼니를 때우게 되고 숙면을 취하지 못해 수면 부족에 시달린다. 하루가 어떻게 갔나 싶을 만큼 일정이 많은 날이 폭풍처럼 몰려오는 인생, 그것도 누군가에겐 꿈의 무대일 수 있겠다.

내게도 꿈의 무대가 있다. 신인 때는 무조건 화려하고 큰 무대를 꿈꾸었지만 지금은 많이 달라졌다. 무대는 크기로만 결정되는 것은 아니다. 큰 무대에서도 한없이 초라해질 수 있고, 작은 무대에서도 가슴 벅찰 만큼 큰 감동을 받기도 한다. 무대를 결정하는 것은 결국 '우리의 마음'이 아닐까. 위로하고 위로받으며, 사랑하고 사랑받는 마음이 없다면 무대는 공허한 장소에 불과할 것이다. 내가 궁극적으로 바라는 꿈의 무대도 마음이 통하는 곳이다. 언제가 될지 모르지만 꼭 이루고 싶은 소망이 하나 있다. 나를 보기 위해 누군가 찾아오기를 기다리기보다 내가 직접 찾아가는 것이다. 한 분 한 분 눈도

마주치고, 손도 잡아드리고, 가만가만 등도 도닥여 드리면서 마음을 전하고 싶다. 한바탕 노래도 하고, 흥이 나면 같이 춤을 춰도 좋으리라. 우리네 전통 마당놀이처럼 무대 위에서 연기도 하고 노래도 부르면서 악극 형태의 콘서트를 하는 것이다. 굳이 이름을 붙이자면 '잔디 마당'이라고나 할까. 송해 선생님과 악극을 했던 경험이 영향을 미친 것인지도 모르지만, 오래전부터 내 안에는 '노래는 하나의 연기'라는 생각이 있었다. 연기를 전공하며 감정을 싣는 법을 자연스럽게 익힌 덕분인지도 모르겠다.

노래는 어쨌든 '전달'을 목표로 한다. 독백처럼 부르는 노래라도 내가 나에게 들려주는 것이니, 자신에게 전달하는 것과 같다. 하물며 가수는 타인을 위해 노래를 부르는 사람이다. 아무리 노래를 잘한다 해도 그들에게 가닿지 않으면 소용이 없다. 애초에 가닿지 않는 노래를 잘한다고 할 수도 없는 노릇이다. 음정이나 박자가 어긋나도 감정이 절절하면 가닿는다. 컴퓨터처럼 정확하게 부르는 노래에는 감동을 받지 않지만 정서가 실린 노래는 마음을 움직인다. 노래는 보이지 않는 마음을 싣고 보이지 않는 형태로 전달되지만, 누군가에게는 온몸으로 부딪치듯 생생한 느낌으로 가닿는 것이다.

궁극적으로 우리가 바라는 것, 가닿고 싶은 것은 자신의 꿈이 아닐까. 노래가 너무 고파 간절하게 무대를 꿈꾸던 날도 있었고, 시간에 쫓기며 무대를 해결하던 날도 있었다. 무대마다 의상도 다르고 곡도 다르고 날씨도 다르고 컨디션도 다르고 관중들의 호응도 달랐지만, 무대 위에 서면 똑같은 게 있었다. 무대가 주는 에너지였다. 숨소리가 들릴 만큼 작은 무대에서부터 관객의 표정이 보이지 않을 정도로 큰 무대에 이르기까지 수많은 무대에 서봤지만, 무대 위에 서면 어떤 형태로든 에너지를 느꼈다. 내가 뿜어내는 에너지와 객석에서 뿜어져 나오는 에너지가 합쳐진 것이었다. 가수라면 다들 느낄 것이다. 우리가 바로 그 에너지로 인해 살아간다는 것을.

그 에너지를 다른 말로 하면 '감동'이라고 부를 수 있겠다. 감동(感動). 깊이 느껴 마음이 움직인다는 뜻이다. 노래는 부르는 사람, 듣는 사람 모두에게 영향을 미친다. 내가 노래를 부르는 순간은 나만의 것이 아니다. 많은 사람과 나누는 시간이다. 함께 나누는 순간들이 무엇보다 귀중하고 소중하다는 것을 알기에 무대에 선 순간마다 최대한 즐기고, 마음을 다해 노래하게 된다. 지금까지 20년 동안 열심히 노래를 불러온 것처럼 앞으로 20년은 거뜬히 더 노래할 수 있을 것 같다. 그리고 나중엔? 아마 다리에 힘이 풀려 서 있기 힘든 순간이 오기 전까지는 마음껏 무대를 욕심내지 않을까.

내가 꿈의 무대에 설 수 있는 날이 언제일지 모르지만, 그날이 올지조차 모르지만 꿈이니까 일단 한번 대차게 꿔보고 싶다. 눈물 콧물 쏙 빼면서 한바탕 어우러져 신명 나게 놀아보고 싶다. 불가능한 일은 아니라고 믿고 싶다. 열심히 말하다 보면 언젠가 그런 날이 올지도 모르니까. 내 꿈이 다른 사람의 꿈에 선한 영향을 미치고, 그 사람의 꿈이 또 다른 누군가에게 또 다른 선한 영향을 미치기를. 누구라도 자신의 꿈을 포기하지 않기를. 혼자 꾸는 꿈은 꿈에 불과하지만 함께 꾸는 꿈은 미래가 된다고 하지 않던가.

마음에 무엇을 품고 있느냐에 따라 성향도 달라지는 것인지, 어떤 일을 오래 하면 사람도 그 일을 닮아간다고 한다. 가수들은 노래 따라 팔자가 변한다고 하는데 그래서 슬픈 노래를 너무 많이 부르지 말라는 소리도 들었다. 하지만 좋아하는 일을 실컷 하면서 그 일의 본질을 조금이나마 닮아갈 수 있다면 행복한 인생이 아닐까. 건축가의 마음이 사람들을 보듬는 공간을 닮아가듯, 화가의 시선이 자신이 자주 그리는 풍경을 닮아가듯, 무용가의 몸이 손끝 발끝까지 표현하는 섬세

함을 닮아가듯, 삶의 온갖 희로애락을 찐하게 담고 있는 트로트처럼 나도 내 인생을 한바탕 진국으로 살다가, 삶의 마지막 소절을 부를 때가 오면 후회도 미련도 없이 꿈의 무대에서도, 인생의 무대에서도 내려오고 싶다.

3부   **세상에 나의 자리를 만든다는 것**

01

내 마음이
내가 있을 자리를
만든다

늦은 밤, 운전을 하며 집으로
돌아오는 길에 수없이 많은 불빛과 만난다. 어딘가 불빛이 있
다는 것은 사람의 손길이 닿았다는 뜻이고, 그중 몇몇 곳엔
사람들이 있다는 뜻일 것이다. 그리고 또 몇몇 곳에는 누군가
가 소중히 만들어 낸 '자신만의 공간'에 머물고 있을 것이다.
그곳은 실재 존재하는 물리적 장소일 수도 있고, 사람의 마음
자리거나 상상으로 만든 공간일지도 모른다. 내가 매일 돌아
가는 집도 나만의 장소이다. 내가 힘들게 노력해서 만들어 낸
자리. 밖에서 쌓인 긴장을 풀고 숨을 깊게 쉬며 두 다리 쭉 뻗

는 나만의 공간이다.

우리가 살아가는 일도 세상에 내 자리 하나 만드는 것과 크게 다르지 않은 것 같다. 가수들도 자신의 자리를 만들고자 치열하게 노력한다. 트렌드가 워낙 빠르게 변하고 전통적인 의미의 방송과 더불어 유튜브 등 채널이 다양해지면서 기존의 방식만 고수해서는 대중을 따라갈 수 없는 시대가 되었다. 남들은 다 개인 SNS를 할 때 나는 시작조차 할 엄두를 내지 않았다. 디지털 세상에서 재미있는 방식으로 소통하는 시대에 나 혼자 버티다간 고립되지 않을까 하는 염려도 있지만 아직은 아날로그 방식에 더 마음이 끌린다.

가끔 호기심이 생기면 남의 계정에 들어가 보기도 하는데 다들 어찌나 멋진 곳에서 예쁜 사진을 찍는지 "여기가 어디야?"라고 눈이 휘둥그레진다. 사진을 잘 찍는 것인지, 시선을 끄는 곳이 이토록 많은 것인지 놀랍기만 하다. 집과 소속사, 무대만 오가는 생활을 하며 집에서 잘 안 나오는 나는 여행을 즐기지 않는다. 즐기지 않는다기보다 여행을 다닐 만큼 여유롭게 살지 못해서 그 즐거움을 모르는 것인지도 모른다. 그래서 사람들이 어떤 특별한 여행지나 호텔에 가서 힐링한다고 할 때 그 말이 좀 낯설게 들린다. 낯선 장소에서 긴장을 푼다는 감각이 내겐 거의 없기 때문이다.

장소에 대해 특별한 애착이 없는 나에게도 아주 특별하게 기억되는 곳이 있다. 세상 어디에도 내 자리가 없던 시절, 그거 하나 만들어 보겠다고 발버둥 쳤던 곳이다. 폭풍우가 몰아친 후 무지개가 뜨는 것처럼 가장 어둡고 캄캄한 날이 지나고 나니 무언가 해보고 싶다는 강한 의지가 생겼다. 10년쯤 무명 생활을 하며 산전수전 공중전까지 다 겪은 터라 더는 잃을 것도 없고 버릴 것도 없었다. 강한 선수를 만나 샌드백처럼 얻어맞으면서도 링 밖으로 흰 수건을 던지진 않았다. 풍파에 맞으면 맞는 대로 맷집이 길러졌는지, 마지막 도전을 할 수 있다면 절대 포기하고 싶지 않았다. 모든 걸 다 잃었다 해도 나에겐 아직 가장 중요한 것이 하나 남아 있었기 때문이다. 아무리 힘들어도 버리지 못하고 갖고 있었던 것. 여전히 '노래를 부르고 싶어 하는 내 마음'이었다. 내가 만약 이때 노래를 완전히 버렸더라면 금잔디는 세상에 싹을 틔우기도 전에 뿌리가 말라버렸을 것이다.

심기일전. 단순한 말이었지만, 이 말이 갖는 힘은 어마어마하게 셌다. 다시 시작해 보자며 나를 포함해 세 명이 뭉쳤다. 내가 가장 힘든 시기에도 곁을 떠나지 않아 준 사람들이었다. 한 명이 대표를 맡고 다른 한 명이 이사를 맡았다. 나는 그들의 유일한 소속 가수였다.

우리가 주로 모였던 곳은 일산의 한 카페였다. 뭐라도 하자고 모였으니, 정말로 뭐라도 해보자는 심정이었다. 거의 매일 만나 가장 구석진 자리에서 오후 내내 커피 한 잔, 물 몇 잔으로 버티며 어떻게 할지 이야기하고 또 이야기했다. 앞날을 걱정했다가, 다 잘될 거라고 기세등등했다가, 삼천포로 빠져서 과거 이야기를 했다가, 다시 회의로 돌아왔다가, 빨대를 꺾었다가 산만하기 이를 데 없었지만 마음만큼은 음원 차트를 올 킬 시키고도 남을 만한 기세였다.

"세상이 우리를 원하지 않아? 그럼 원하게 만들면 되지."

"세상에 우리 자리가 없어? 그럼 자리를 만들면 되지."

정말 내 마음이 딱 이랬다. 깡이라고 해도 좋았고 배짱이라 해도 상관없었다. 돌아이 근성이라고 불러도 기꺼이 수긍했을 것이다. 내가 내 삶을 일으켜 세운다는데 누가 뭐라 하든 무슨 상관이랴 싶었다. 돈 한 푼 없었지만 의욕만은 수백억대 부자였다. 없는 사람들끼리 똘똘 뭉쳐 일을 한번 내보자, 세상에 우리 자리가 없다면 스스로 자리를 만들자, 아무것도 가진 게 없어도 꿈과 야망이 있는 한, 해낼 수 있다는 것을 보여주자는 마음이었다. 삼국지에 나오는 유비, 관우, 장비가 맺은 도원결의보다 더하면 더했지 결코 덜하지 않았을 것이다. 다행스럽게도 카페 사장님은 오래 앉아 있는 우리에게 나가라는 눈치를 주지 않았다. 만약 한두 시간마다 카페를 옮기며 커피값을 내야 했다면 우리의 거사(?)는 더 힘들어졌을 것이다.

금잔디라는 이름도 이때 바꾼 것이다. 세 명이 모였을 때 예명 이야기가 나왔고, 당시 알고 지내던 철학과 교수님께 전화를 드렸다. 교수님이 상황을 듣더니 딱 맞는 이름이 있다며 즉석에서 지어주신 이름이 '금잔디'였다. 금빛 물결처럼 널리 널리 퍼져나가라는 의미였다. 그리고 정말 금잔디라는 이름 석 자는 고속도로를 타고 방방곡곡 널리 뻗어가는 이름이 되었다. 안 풀리던 일들이 거짓말처럼 사라지고 승승장구하기 시작한 것이다. 이때 본명도 박소희에서 박수연으로 개명하였는데 이름을 바꾼 덕분인지, 운세가 바뀔 시점에 이름을 바꾼 것인지, 운인지 우연인지 알 수 없지만 좋은 이름을 받고 그 이름처럼 살아가려고 있는 힘껏 노력했다는 것도 사실이다.

사람이 살아가는 일은 거의 다 비슷한 듯하다. 돈을 벌고 싶고, 안정된 삶을 누리고 싶고, 좋은 사람들과 소소한 행복을 나누며 살아가고 싶을 것이다. 나도 크게 다르지는 않다. 다만, 음악이 있고 사람들이 있는 무대가 내 자리이길 바란다. 무대라고 해서 특별하게 꾸며진 화려한 무대를 말하는 건 아니다. 시골 장 흙바닥에 서서 노래를 부르면 바로 거기가 무대 아니겠는가. 사람들이 내 노래를 들으면서 막 웃고 울며 한바탕 마음을 풀어낸다면 그곳이 어디든 거기가 바로 내 자리라고 생각한다.

한번은 2주 연속 같은 무대에 선 적이 있다. 그때 오신 분이 많이 편찮으셨는데 환해진 얼굴로 이렇게 말씀하셨다.

"내가 자네 덕분에 일주일을 버텼어."

그 말을 듣는 순간 눈물이 났다. 월세를 못 내고 밥을 굶고 무명 가수라고 설움을 겪었던 모든 기억이 단 한 순간에 사라졌다. 누군가 내 노래를 듣고 하루라도, 일주일이라도 더 살아갈 희망을 갖는다면, 그것이 바로 나에겐 계속해서 노래를 부르는 힘이자 원동력이다.

바닥에서부터 다시 시작할 수 있었던 것도 이 힘이 내 안에 남아 있었기 때문이었다. 어떤 자리에 설 것인지 가리지 않고, 노래를 부를 수만 있다면 어디든 가겠다는 굳센 마음이 생겼다. 인정하고 싶진 않지만 그때까지만 해도 내 안에는 '그래도 내가 가수인데'라는 허영이나 자만심 같은 게 조금이라도 분명히 있었을 것이다. 나도 사람인데 왜 잘되고 싶고, 잘나고 싶은 마음이 없었겠는가. 그런데 있는 것 없는 것 다 내려놓아야 하는 상황이 되고 보니 나를 가리고 있던 포장지 같은 것이 우수수 떨어져 내렸다. 가진 건 쥐뿔도 없으면서 자존심만 셌던 건지도 모른다.

시장에서 파는 사과와 백화점에서 파는 사과는 같은 사과라도 다른 값이 매겨진다. 맛도 향도 같은데 어떤 포장을 하고 어디에서 팔리느냐에 따라 '상품'과 '하품'으로 달라지는 것이다. 정말 좋은 상품은 당연히 백화점으로 갈 것이라는 생각도 선입견이다. 실제 시장에서 사 먹는 사과가 백화점에서 파는 비싼 사과보다 훨씬 더 맛있고 향긋할 때가 많다.

가끔은 나에게도 시장 바닥 사과가 아니라 백화점 사과가 되어야 하지 않느냐고 말하는 사람들이 있다. 물론 비유적인 표현이다. 20년 이상 현장을 지켜온 중견 가수이니만큼 몸값도 올리고, 작은 무대는 후배들에게 물려주면서 격을 지키라는 말일 테다. 그 말도 아예 무시할 건 아니라고 생각한다. 하지만 무대는 내가 원한다고 해서 무조건 내 맘대로만 되는 것은 아니다. 다만 다시 시작하는 날 마음먹었던 것처럼 내 노래를 듣고 싶어 하신다면, 나를 보고 싶어 하신다면 그곳이 어디든 달려가고자 하는 마음은 지금도 여전히 강하게 갖고 있다.

옛 성현들은 마흔을 불혹의 나이라고 하셨다. 세간의 유혹에 흔들리지 않고 뜻한 바대로 살아간다는 의미일 것이다. 그런데 내가 마흔 언저리를 넘고 보니 "그게 가능한 일인가?" 싶을 정도로 '불혹'은커녕 '유혹'에 약하고 작은 자극에도 마음이 넘실거린다. 그래도 나이를 아주 헛먹은 것은 아닌지 나이 듦이 주는 편안함과 지혜가 조금은 생긴 것 같다. 바닥을 치면 올라올 힘이 생기고, 정상에 오르면 내려갈 일이 생기며, 내려가는 길이 항상 나쁜 것도 아니고, 가다 보면 또 다른 길이 보여서 새로운 기회를 만나기도 한다. 좋은 일 나쁜 일이 파도처럼 오가지만 결국 파도가 바다의 일부인 것처럼 내가 경험하는 다양한 일들도 내 삶의 일부인 것이다. 예전엔 힘든 일이 생길 때마다 환경을 탓하거나 자신을 탓했는데 이제는 누가 잘못하지 않았어도 상황이 그렇게 꼬이기도 한다는 것을 수용할 정도는 된 것 같다.

지금 알고 있는 걸 그때도 알았더라면 더할 나위 없이 좋았겠지만, 어리석음은 한발 앞서 오는 반면, 지혜는 두 발자국 정도 뒤에서 따라오는 게 아쉬울 뿐이다. 그래서 더욱 이 책을 쓰는 동안 감사한 마음이 들었다. 지난 삶을 돌아보는 시간이 찾아왔으니, 같은 실수는 되도록 하지 말고, 캄캄했던 과거에 희미한 빛을 비춰 앞으로 약이 될 배움을 얻을 수 있다면 운명에 휘둘리며 무의미한 고통을 당했다는 설움이 조금은 줄어들 것 같다.

일산에서 가진 첫 모임 이후, 결국 우리는 세상에 없던 자리를 만들고야 말았다. 아무리 나쁜 일도 다르게 보려고 마음먹으면 다른 얼굴을 볼 수 있다는 사실도 이때의 경험에서 배웠다. 당시에는 고통스럽고 비참하다고 생각했지만 다른 측면에서 보면 삶의 본질, 노래의 본질에 더 가까이 다가가는 시간이었다. 좋아 보이는 일도 자칫 잘못하면 사기를 당하거나 독이 되는 결과를 낳기도 한다. 사람도 비슷한 것 같다. 내게 도움이 되겠다며 다가온 사람들이 배신하고 떠나가거나 쓴소리만 한다고 생각했던 사람들이 묵묵히 곁을 지켜주었다.

사람이 온전하게 자기 몸을 유지하려면 얼굴, 가슴, 배뿐만 아니라 뒤통수, 등, 엉덩이도 있어야 하는 것처럼, 삶에서 일어나는 일도 마찬가지가 아닐까. 좋은 모습이 보인다면 안 좋은 면이 감춰져 있는 것이고, 나쁜 면이 드러나 있다면 그 안에 미래의 희망이 숨어 있을지도 모르는 것이다. 이렇게 생각하게 된 것도 다 '일산 도원결의' 덕분이다.

흔히 자리가 사람을 만든다고 하지만, 결국 내 마음이 내가 있을 자리를 만든다. 세상 어디에든 내 몸 하나 앉힐 자리가 있으면 사람은 잠시 쉬었다가 힘을 내는 존재인지도 모른다. 사람마다 처한 상황에 따라 필요한 자리가 다르다. 그늘 속을 걸어왔던 자에겐 햇빛이 필요하고, 땡볕 아래를 걸어왔던 사람에겐 그늘이 필요하다. 나에게 가장 필요했던 건 노래를 부를 수 있는 자리였다. 간절하게 매일 찾아갔던 일산의 그 카페는 금잔디를 심고 희망의 물을 주고 기쁨의 양분을 주며 미래의 햇볕을 주는 자리였던 셈이다.

02

고속도로와 샛길

사람마다 의미 있는 공간이 있을 것이다. 편안함을 주는 곳이 있다면 신이 나고 흥이 나는 장소도 있다. 배움과 관련된 장소가 있다면 자존심이 상했던 장소도 있을지 모른다. 사랑에 빠진 곳도 있겠지만 가슴 아픈 이별을 한 곳도 있을 것이다. 여러 번 갔어도 또 가게 되는 곳이 있는가 하면 가보고 싶다고 생각만 하는 곳도 있다. 익숙한 일상의 공간에서 평범한 날을 누리다가도 어느 날 갑자기 한 번도 생각한 적 없는 미지의 공간에 서 있기도 한다. 구체적인 장소일 수도 있고, 사회적으로 위치하는 자리일 수도 있으며, 내 머릿속에만 존재하는 상상일 수도 있다. 그곳은 누군가에게는 맛집일 것이고, 누군가에게는 집일 것이며, 누군가에게는 특정한 공간이라기보다 좋아하는 사람들과 함께 머무는 곳일 것이다.

한 사람의 인생이 변해감에 따라 자주 머무는 장소나 의미 있는 장소도 바뀐다. 집에만 있던 아이가 학교에 가고, 학교를 졸업한 뒤 일을 하면서 예전엔 가보지 않았던 곳에도 가게 된다. 직장을 바꾸거나 직업을 바꾸면 일터도 달라진다. 어떤 직업을 갖지 않으면 평생 가보지 못하는 장소도 있다.

가수는 어른들 표현대로라면 '역마살'이 끼었나 싶을 만큼 많은 곳을 이동하는 직업이다. 오늘은 서울에 있지만 내일은 부산이나 울산에 머물 수도, 그다음 날엔 인천공항에서 비행기를 탈 수도 있다. 글로벌 스타들은 지역을 옮겨 다니는 수준이 아니라 나라를 이동하는 스케줄로 움직인다. 서너 시간 차를 타고 지방에 가는 것도 쉽지 않은 일인데, 세계를 돌며 공연을 하는 사람들은 시차를 어떻게 이겨내는지, 생각만 해도 참 힘들지 싶다.

그 사람이 가장 오랜 시간을 보내는 장소를 보면 그 사람에 관해 가장 정확히 알 수 있다고 한다. 내가 가장 오랜 시간을 보낸 곳은 어디일까? 집 빼고 제일 먼저 떠오르는 곳은 '고속도로'이다. 그리고 고속도로 하면 자연스레 따라오는 고속도로 메들리. 전국 고속도로 휴게소마다 금잔디 노래가 흐른다는 소리를 들을 만큼 대대적인 히트를 쳤던 바로 그 메들리가 내 인생을 또 한 번 바꿔놓았다.

처음부터 메들리를 할 생각은 없었다. 1집 앨범을 내고 그다음 행보를 고민할 무렵 대표님이 메들리를 해보면 어떻겠냐는 아이디어를 냈다. 단번에 싫다고 말했다. 상업적으로 팔아먹으려고 메들리를 시킨다는 오해를 했던 것이다.

"제가 메들리를 왜 해요? 전 그런 거 안 해요."

나는 정통 트로트가 좋았고 그때만 해도 방송 출연을 하는 가수, 예를 들면 주현미 선배님 같은 분들이 진짜 가수라고 생각했다. 내가 주현미 선배님을 존경하고 노래도 자주 부른다는 것을 알았던 대표님이 의아해하며 이렇게 말했다.

"《쌍쌍파티》 몰라? 주현미 선배님도 처음에 메들리로 시작해서 완전 히트 쳤잖아."

생각해 보니 그랬다. 게다가 대표님이 메들리 아이디어를 떠올린 것 자체가 이 지긋지긋한 무명 생활에서 벗어나 '금잔디'라는 가수를 더 알려보고자 하는 노력이었을 터였다.

이에 마음을 바꿔 먹고 메들리를 불러보겠다고 말했다.

"그럼 한번 뚫어봐요. 어디에서 메들리를 만들고 낼 수 있는지."

그날부터 '메들리 대작전'이 시작되었다. 메들리를 잘 만드는 회사가 어딘지, 유통은 어떻게 하는지도 알지 못한 채 "해보자!"는 결심만으로 뛰어든 셈이었다. 그러다 메들리를 전통적으로 잘 만든다던 H 레코드 회사를 알게 되었다. 회사에 연락하니 한번 찾아오라는 답변이 돌아왔다. 누군지 모르는 사람 앞에서 일단 노래부터 불렀는데 알고 보니 그분이 회장님이셨다.

"뭐야? 어디 있다 이제 나타났어? 백만 불짜리 목소리를 갖고 있구만. 내기만 하면 무조건 초대박감이야. 바로 계약합시다."

회장님은 그 자리에서 바로 계약을 하자고 하셨다. 뜻밖의 제안이었다. 무엇을 원하냐는 물음에 너무나 간절한 마음으로 이렇게 대답했다.

"돈도 유명세도 아니고 노래면 됩니다. 그거 외에는 바라는 게 없어요. 그냥 제 노래가 우리나라 전국 모든 고속도로에서 울려 퍼지게만 해주세요."

"정말 그거면 되나?"

"네. 그거 하나면 됩니다. 더 바랄 것도 없어요. 노래를 들은 사람이 '가수가 누구냐?' 물으면 '금잔디요', 이렇게 알려지기만 하면 좋겠어요."

정말로 내 마음이 이랬다. 돈도 명예도 인기도 노래 앞에서는 뒷전이었다. 많은 사람이 내 노래를 듣기만 한다면, 더 이상 바랄 게 없었다. 지금이라면 금전적인 계산도 좀 해가면서 이익을 따졌을 텐데 그때는 지금보다 더 바보 같고 순진해서 메들리를 통해 돈을 벌 수 있을 것이라는 생각은 못 했다. 그저 이름이 알려질 수 있는 방법이라고만 여겼을 뿐이다. 그래서 기껏 메들리를 불렀는데도 알려지지 않으면 어떡하나, 걱정이 앞섰다.

"만약 잘 안 되면 어떡해요?"

"그거야 내가 돈으로 보상해 주면 되지."

이상하다면 이상한 계약이었다. 나는 고속도로 방방곡곡 내가 부른 노래가 울려 퍼지길 원했다. 그렇게만 된다면 계약금이든 뭐든 돈은 안 받아도 좋다고 생각했다. 그런데 실패할 경우 회장님이 돈으로 보상해 준다니, 어떻게 생각해도 나에게 지나치게 이로운 계약이라고 생각할 수밖에 없었다. 이

금빛 행복을 드리는, 트로트 가수 금잔디입니다

렇게 생각하고 저렇게 생각해도 밑질 게 하나 없는 장사였다. 오히려 왜 이렇게까지 파격적인 조건을 제시하는지 이해가 되지 않을 정도였다. 하지만 회장님은 이미 예측하셨던 것 같다. 전무후무한 메들리 히트곡이 나올 것이라는 사실을.

생전 처음 메들리에 도전했는데 의외의 사실을 알게 되었다. 내가 메들리를 굉장히 재미있어 한다는 것이었다. 실제로 녹음하는 내내 너무나 즐거웠다. 그동안 메들리를 은근히 무시해 왔던 것이 부끄러워질 만큼 메들리에 관해 새롭게 알게 된 부분도 많았다. 흔히 메들리는 그저 이어서 부르면 된다고 생각하지만 절대로 그렇게 단순하지 않다. 박자부터 달랐다. 게다가 수십 곡을 처음부터 끝까지 마치 한 곡을 부르듯 템포를 유지하되, 전체 구성은 지루하지 않게 짜야 했다. 지금도 다른 가수들의 노래를 빠른 템포의 음악으로 나만의 색깔을 넣어서 메들리로 만들고 싶다는 마음이 들 만큼 메들리는 매력적인 장르라고 생각한다.

어떤 노래를 부를지 후보를 추린 뒤 본격적인 녹음에 들어갔다. 첫날, 녹음을 시작했는데 서너 곡 불렀을 때 회장님이 "야야, 그만해라. 한꺼번에 많이 부르면 오래 못 간다"며 말리셨다. 하지만 나는 하루에 스무 곡씩 불렀다. 힘든 줄도 몰랐다. 마흔 곡을 이어 부르는 메들리 녹음을 일주일 만에 끝냈다. 앨범 제작도 일사천리로 진행되었다. '반응이 없으면 어떡하지'라는 생각은 어이가 없을 만큼 기우였다. 반응은 상상 이상이었다. 그야말로 '폭발적'이었던 것이다.

"제 노래가 우리나라 전국 모든 고속도로에서 울려 퍼지게만 해주세요."

이 말을 사실로 확인하기까지는 그리 오래 걸리지 않았다. "전국 고속도로 휴게소마다 금잔디 노래가 흐른다"는 말을 지방 행사를 가던 중 고속도로 휴게소에 들렀을 때 실감했다. 정말로 내 노래가 휴게소가 떠나가라 찌렁찌렁 울려 퍼지고 있었다. 메들리가 히트를 치기 시작했어도 아직 신인 가수나 마찬가지였다. 누구나 단박에 알아볼 만큼 알려진 얼굴도 아니었건만 누가 나를 알아볼세라 서둘러 차에 올랐다. 심장이 쿵쿵쿵 뛰었다.

메들리의 인기에 힘입어 꽉 막혔던 일들이 풀리기 시작했다. 한 곡이 끝나면 바로 다음 곡으로 쉼 없이 이어지는 메들리처럼 이곳에서 노래를 부르고 나면 바로 저곳으로 이동해 쉬지 않고 노래를 부르는 날들이 찾아왔다. 얼마나 목말랐던 무대였던가. 얼마나 부르고 싶었던 노래였던가. 고속도로를 참 많이도 달렸다. 가수 인생의 절반 이상을 고속도로에서 보낸 듯하다. 하루에 강원도, 전라도, 경상도, 충청도를 찍은 적도 있었다. 아찔한 사고가 날 뻔했으나 구사일생으로 목숨을 건진 적도 많았다. 밥 먹고 잠잘 시간도 부족할 정도였지만 마냥 신나기만 했다. 메들리도 다양하게 불렀다. 트로트 메들리부터 카페 음악으로 듣기 좋은 노래, 1980~1990년대 감성을 추억할 수 있는 노래에 이르기까지 쉬지 않고 부르고, 쉬지 않고 고속도로를 달렸다.

그렇게 일하던 어느 날, 갑자기 숨이 쉬어지지 않았다. 공황장애라고 했다. 스트레스가 극도로 심해지면 숨도 쉬지 못할 만큼 몸이 힘들어진다는 사실을 그때 처음 알았다. 약을 처방받으러 병원에 갔다. 의사 선생님이 외부에서 받는 모든 자극이 스트레스인데 나는 아주 작은 자극도 민감하게 받아들이는 상태라고 설명했다. 그만큼 힘들었으니 쉬어야 한다는 말을 듣는데 마음이 멍했다. 쉬어야 한다는 걸 머리로는 알았지만 마음이 허락해 주지 않았다. 누가 내 안에서 끊임없이 망치로 심장을 때려대는 것 같았다. 그런데도 스케줄을 잡고 노래를 부르고 일정을 소화했다. 몸은 죽도록 피곤한데 잠이 오질 않았다.

지칠 대로 지쳐서 삐걱거리던 몸과 마음을 추스를 수 있는 시간이 온 것은 코로나19가 전 세계를 덮쳤던 2020년 무렵이었다. 브레이크가 고장 난 자동차처럼 질주하던 일상이 멈추고 난 뒤에야 강제로나마 '쉬는 시간'을 가질 수 있었다. 그동안 돌보지 못했던 건강도 챙기고 친구들과 만나 수다도 떨었다. 코로나19 초기엔 우울감과 불안이 컸지만 장기전이 예상되자 오히려 조급한 마음이 사라졌다. 커다란 변화를 겪는 세상의 흐름에 맞춰 나도 천천히 일상을 회복하기 시작했다. 아마도 넓은 고속도로에서 갑자기 속도를 줄였을 때 짧은 충격을 받았다가 다시금 안정을 찾는 일과 비슷한 것이었으리라. 이제 더 이상 내가 고속도로 위에 있지 않다는 사실을 인정해야 했다.

좋든 싫든 자의든 타의든 고속도로에서 나와 샛길로 접어든 때라는 현실을 받아들이고 나니, 그제야 비로소 액셀을 밟으며 있는 힘껏 달릴 때가 있다면 브레이크를 밟으며 속도를 줄여야 할 때도 있다는 생각이 들었다. 뻥 뚫린 고속도로를 씽씽 달리고 싶지만 좁은 진입로를 지나야 하는 시기라면 무리해서 액셀을 밟는다고 빨리 가지지 않는다. 이미 차량이 많이 몰려 있는데 길까지 좁다면 천천히 속도를 줄여야 한다.

운전 실력만 믿고 속도를 높이면 돌이킬 수 없는 사고를 당할 수도 있다. 그러니 속도를 늦추게 된 것이 얼마나 다행인가!

재미있는 것은 샛길을 천천히 느긋하게 달리는 일도 제법 괜찮았다는 사실이다. 샛길을 달리다 때가 되면 고속도로를 탈 수도 있고, 지나치게 달렸다 싶으면 다시 진입로를 빠져나와 샛길로 접어들어도 된다는 사실을 깨달았다고나 할까. 고속도로 위를 달리고 있을 때 자신답다고 느꼈다면, 이제는 샛길로 빠져나와 느긋하게 지나는 것도 나답다고 느낀다. 고속도로 위에서만 살아가는 사람은 없다. 질주하는 인생만이 성공한 인생은 아닐 것이다. '고속도로의 여왕'이라는 호칭도 명예롭지만 어느 시골 마을의 잔치 마당에서 노래하는 금잔디 또한 어떠한가. 어디에 있어도 금잔디는 금잔디, 이 사실엔 변함없으니 말이다.

03

큰 나무
그늘 아래

20년 넘게 노래 부르는 사람으로 살아오면서 정말로 고맙고 감사한 일들이 많았다. 내가 뭔데 이렇게 잘해주시나 하는 팬분들을 비롯해 선배님, 후배님, 동료들에 이르기까지 "고맙습니다"라는 말 한마디에 다 담을 수 없지만, "고맙습니다"라는 말 외에 다른 표현을 생각할 수도 없다. 마음보다 말이 짧고, 고마움을 다 담지 못하는 어설픈 표현이 아쉽고 안타까울 뿐이다. 사람은 중요한 한 사람만 곁에 있어도 인생을 살아갈 수 있다고 한다. 항상 곁에 있지 않아도 존재만으로도 버팀목이 되어주는 그런 사람이 있다는 것은 삶의 큰 행운이자 놀라운 기적 같은 일일 것이다.

내게도 그런 고마운 분들이 많다. 그중에서도 감사의 마음을 꼭 빼놓지 않고 전해드리고 싶은 분이 송해 선생님이시다. 송해 선생님을 특별한 사람으로 가슴에 품고 있는 이는 나뿐만이 아닐 것이다. 우리 트로트 가수들에게 송해 선생님은 '거목' 이상의 의미와 상징을 가진 분이시기 때문이다. 송해 선생님은 신인이든 베테랑이든 아마추어든 프로든 가리지 않고 골고루 신경 써주시고 진심으로 대해주셨다. 정말로 누구라도 가서 쉴 수 있도록 자신을 아낌없이 열어주신 큰 나무와 같은 분이셨다. 그 나무 그늘 아래에서 위로와 위안을 받은 이들은 아직도 선생님이 그립고 보고 싶어서 눈물짓는다.

어떤 사람이 이토록 많은 이들에게 한결같은 사랑을 받을 수 있을까. 어떤 사람이 이렇게 오랫동안 따뜻한 기억으로 남을 수 있을까. 생각만으로도 마음이 넉넉해지는 추억을 많이 만들어 주셨던, 할아버지처럼 인자하고 다정한 인품을 가진 분이 바로 송해 선생님이셨다.

송해 선생님을 떠올리면 저절로 세트처럼 따라오는 기억이 〈전국노래자랑〉이다. 수많은 가수를 배출했고, 큰 오디션 프로그램에서 수상한 뒤 지금은 인기 스타가 된 가수 중에도 〈전국노래자랑〉 출신이 압도적으로 많다. 나도 송해 선생님을 〈전국노래자랑〉에서 처음 뵈었다. 1997년 고등학교 3학년 때였다. 홍천군 편에서 문희옥 선배님의 〈해변의 첫사랑〉을 불러 우수상을 탔다. 이때 메달을 걸어주신 분이 초대 가수로 오셨던 김혜연 선배님이셨는데 그해 연말 결선에서 불러 우수상을 탄 노래가 김혜연 선배님의 곡이었다. 마치 미래의 내 모습을 보기라도 한 듯, 깜짝 놀랄 만한 인연이었다.

10년 후 데뷔 앨범을 내고 초대 가수로 〈전국노래자랑〉에 갔다. 트로트 가수들이 로망처럼 손꼽는 무대 중의 하나가 〈전국노래자랑〉이다. 특히나 〈전국노래자랑〉에 출전한 경험이 있고, 데뷔 앨범을 낸 가수라면 더더욱 가슴 뛰는 무대일 수밖에 없다. 아는 언니의 옷을 빌려 입고, 어울리지 않게 진한 화장을 하고, 얼굴을 가리려고 큰 안경을 쓴 데다 나이까지 속여서 나갔으니, 10년 만에 가수로 초대받아 서게 된 〈전국노래자랑〉은 감회가 남다를 수밖에 없었다. 우여곡절 끝에 늦깎이 신인 가수가 되어 돌아왔지만 내겐 그 어떤 장소보다 '금의환향'이라는 말이 어울리는 무대였다.

오랜만의 해후에 선생님은 나를 알아보지 못하셨다. 그

도 그럴 수밖에 없는 것이 10년이라는 세월이 흘렀고 약간의 시술(?)로 얼굴이 달라진 데다 이름까지 바꾼 나를 알아보시는 게 더 놀라운 일이었을 것이다. 무대 뒤에서 인사드리는 시간이 짧기도 했거니와 소심한 성격 탓에 나도 말씀을 못 드렸다. 언젠가 때가 오면 편하게 말씀드리면서 웃을 날이 오겠거니, 작은 기대로 남겨두었다.

그 뒤 내 소원이 통했는지 송해 선생님과 여러 무대에서 함께하게 되었다. 가장 먼저 추억하고 싶은 것은 뭐니 뭐니 해도 〈송해 빅 쇼〉이다. 연극도 하고 노래도 하는 악극 형태의 쇼였는데 선생님과 전국을 돌며 함께 공연했다. 남자 주인공 역은 송해 선생님이 맡으셨고, 여자 주인공을 찾던 중에 내가 발탁되었다. 그제야 선생님께 〈전국노래자랑〉 홍천군 편에 나갔었다고 말씀드리자 과거 영상을 찾아보시곤 나를 기억해 주셨다. 그러면서 농담도 잊지 않으셨다.

"어우, 얼굴이 달라졌어. 어디 어디 했어?"

"여기, 여기, 했어요."

"아이구, 그러고 보니 그때 얼굴이 남아 있구면."

스스럼없이 말하는 나를 보면서 선생님은 호탕하게 웃으셨다. 잘한다, 괜찮다, 예쁘다는 말씀도 연신 해주셨다.

선생님과는 호흡이 잘 맞았다. 내가 잘했다기보다 선생님께서 무조건 나를 아끼고 예뻐해 주신 덕분이었다. 나이가 무려 50세 넘게 차이가 난다는 사실조차 잊을 정도였다. 선생님은 모든 일에 긍정적인 마인드를 보여주셨다. 팔순이 넘은 고령에 전국 순회 공연을 하면서도 남들 앞에선 피곤한 기색 한 번 보이는 법이 없으셨다. 감히 평가를 내린다는 생각조차 못 할 만큼 연기며 노래가 깔끔하게 완벽했다. 반면 다른 사람들의 실수에는 한없이 관대하고 너그러우셨다. 정말로 많은 이들이 '이 시대 최고의 멘토'로 선생님을 꼽는 데에는 그럴 만한 이유가 있는 것이다.

송해 선생님의 트로트에 대한 사랑은 '찐'이었다. 단순하게 좋아하는 장르라고 생각하는 정도를 넘어설 만큼 크고 깊은 애정을 갖고 계셨다. 선생님 덕분에 나 또한 트로트를 대하는 자세를 새롭게 배울 수 있었다. 선생님과 〈송해 빅 쇼〉라는 악극을 함께한 덕분이기도 했다. 악극은 기승전결 서사와 음악, 연기가 갖춰진 종합예술이다. 모든 노래가 정서의 전달이긴 하지만, 특히 악극 안에서 부르는 노래는 감정을 극대로 끌어올리는 경우가 많다. 악극 특유의 분위기 속에서 노래를 부르다 보면, 노래 한 곡에 사람들이 울고 웃는다는 말이 무슨 뜻인지 소름 끼치도록 깨닫는다. 노래 안에 우리네 삶의 다양한 이야기가 담겨 있을뿐더러 사랑과 이별, 희망과 절망, 성공과 실패 등 인간의 온갖 감정이 고스란히 녹아 있기 때문이다. 내용은 또 어떤가. 인생의 단면을 있는 그대로 보여준다. 순탄한 시간이 있다면 위기의 순간이 덮쳐온다. 어려움과 도전이 있고, 기쁨과 슬픔이 번갈아 찾아온다. 이 모든 것이 하나로 어우러져 우리의 인생 노래를 만들어 가는 것이다.

선생님은 "트로트는 변화하는 세대와 문화를 반영한다"는 말씀도 하셨다. 생각해 보면 각 시대별로 트로트의 스타일과 표현 방법이 변해왔다. 마치 삶이 사회적, 문화적 변화에 따라 다양한 양상을 보이듯, 우리도 끊임없이 변화하며 적응하고 성장해야 한다는 것을 알려주는 것 같다. 트로트의 변화가 의미하는 것은 인생이라는 음악도 계속해서 새로운 곡조로 흘러가야 한다는 것이 아닐까.

선생님께 배운 것이 너무 많아서 일일이 손꼽을 수 없을 정도지만 마지막으로 하나만 더 말하고 싶다. 트로트는 인내와 노력의 결실이라는 점이다. 트로트 가수들은 종종 어려운 시기를 겪고도 자신의 꿈을 포기하지 않고 노래를 부른다. 깊은 좌절을 겪을 때는 그만두고 싶은 마음이 태산 같지만 힘든 시기를 지나고 나면 알게 되는 것이 있다. 내 옆에 반드시 누군가 있다는 사실이다. 그 누군가는 숨어 있던 팬이거나, 매니저거나, 가족이거나, 친구이거나, 생면부지의 남일 수도 있다. 나의 경우는 송해 선생님이셨다. 언제나 응원해 주셨고, 나를 믿어주셨다. 삶의 풍파를 겪어도 이 시간이 지나면 괜찮아진다는 것을 당신의 웃음으로, 삶으로, 눈빛으로 알려주셨다. 내가 가수로서, 인간으로서 좀 더 나은 사람이 되었다면 그것은 선생님이 조건 없이 주셨던 사랑 속에 머물렀던 덕분이다.

선생님과의 인연이 특별한 이유는 또 있다. 어떻게 생각하면 이것이야말로 '빅 이슈'라고 할 것이다. 내 최고의 히트곡 〈오라버니〉를 부르게 된 것도 선생님 덕분이기 때문이다. 전국 순회 공연 중간에 〈오라버니〉를 받았는데 내 기준에선 썩 마음에 들지 않았다. 정통 트로트를 부르고 싶은 마음이 강했던 내게는 세미 트로트 풍의 지나치게 가벼운 노래로 들렸기 때문이었다. 그래서 선생님께 노래를 들려드리곤 어떠신지 여쭤보았다.

"너무 좋네. 이 노래 꼭 불러."

"진짜요? 그렇게 좋아요?"

선생님은 몇 번이나 고개를 끄덕이면서 내가 꼭 불러야 한다고, 대박 날 게 틀림없다고 말씀하셨다. 게다가 이런 농담까지 덧붙여 주셨다.

"이 노래는 무조건 부르고. 나 때문에 만든 노래라고 해. 오라버니 소리 들으니까 좋구만."

꼬박꼬박 선생님이라고 부르던 나도 이때만큼은 "송해 오라버니"라고 불러보았다. 선생님은 특유의 웃음을 터뜨리며 "허허허허 좋다, 좋아"라고 말씀하시고는 연신 노래의 대박을 예언하셨다. 워낙 많은 노래를 들으셔서 귀가 밝으신 데다 가수로 성장할 사람인지 아닌지 귀신같이 알아보시는 선생님의 말씀이니 무조건 해야겠다고 생각했지만, 그럼에도 〈오라버니〉가 선생님이 말씀하시는 것처럼 그렇게까지 크게 히트 칠 것이라고는 전혀 예상하지 못했다.

송해 선생님의 예언 덕분인지 고속도로 메들리와 〈오라버니〉가 연이어 히트하면서 엄청난 인기를 한 몸에 받게 되었다. 이게 꿈인가 생시인가 할 정도로 전국 각지에서 러브콜이 쏟아졌다. 정확한 수치인지는 모르지만 고속도로에서만 팔린 음반이 300만 장이 넘는다고 했다. 이 모든 일에 나보다 더 기뻐한 분도 선생님이셨다.

송해 선생님과 함께 〈도전 1000곡〉에 커플로 나가기도 했다. 선생님은 기억력이 남다르셨는데 노래 가사를 깜짝 놀랄 만큼 정확하게 알고 계셨다. 송해 선생님과 커플이라니, 없던 승부욕도 끌어올려 활활 불태우고 싶었다. 결국 우리 팀이 1등을 했다. 무려 세 번이나 말이다! 금 열쇠를 3연속 받은 것은 우리 팀이 유일무이할 만큼 '환상의 커플'이었다.

"우리 잔디는 너무 똑똑해서 가사도, 대사도 잘 외워. 욕심이 없고 무대에 서는 태도도 너무 좋아. 앞으로도 계속 그렇게 하면 돼."

송해 선생님은 작은 것도 아낌없이 칭찬해 주시는 분이셨다. 선생님과 함께 있으면 과분할 정도로 인정받는 기분이 들었다. 식사 때가 되면 "잔디 어딨어?"라며 나부터 찾으셨고, 맛있는 것이 있으면 잊지 않고 꼭 챙겨주셨다. 나무라는 말 한 마디 하지 않으시고 그저 "잘한다, 잘한다!" 하시며 기를 듬뿍 세워주셨다.

선생님과 함께 있으면 나도 왠지 굉장히 괜찮은 가수, 노래를 정말 잘하는 가수, 지금까지 노래를 불러온 것 자체가 자랑스러운 가수라고 스스로를 생각하게 되었다. 이른바 '송해 매직'이라고나 할까. 사람을 대하는 태도가 몸에 밴 분이라서 가능했던 일일 것이다. 덕분에 나도 선생님과 함께 있으면 마음이 편안했다. 평소 안 치던 장난을 쳐도 "허허허" 하고 받아주시니 손녀처럼 애교도 부리며 자연스럽게 지낼 수 있었던 것 같다.

송해 선생님은 내가 가수로 성장하는 데 넉넉한 그늘을 내어주셨던 분이다. 지난 시간을 떠올리면 떠올릴수록 감사한 마음만 더 커진다. 송해라는 한 사람이 우리 음악계의 역사라고 할 수 있을 만큼 대단하신 분인데 그런 분이 나같이 작은 사람에게도 곁을 내어주셨다는 사실만으로도 인생의 큰 영광이고 추억이다. 내가 비록 부족함이 많은 사람이지만 부족하면 부족한 대로 선생님이 내게 해주셨던 것처럼 나도 후배들, 동료들에게 그런 사람이 되고 싶다. 책이 나오면 가장 먼저 달려가고 싶었지만 이제는 직접 뵐 길이 영영 사라져 버렸다. 넓고 크고 깊던 송해라는 거목이 남긴 아름다운 그늘을 오래오래 그리워할 일만 남았을 뿐이다.

"선생님, 잔디예요. 하늘나라에서 편히 쉬고 계시죠? 저도 잘 지내고 있습니다. 선생님께서 말씀해 주신 대로 제 노래를 계속 부르고 있어요. 선생님께서 믿어주시고 응원해 주신 덕분이에요. 거기에서도 듣고 계시지요? 선생님 처음 만났던 그때 그 마음으로, 앞으로도 열심히 노래 부를게요. 지켜봐 주세요. 고맙습니다. 사랑합니다."

04

누군가의 기다림으로
완성되는 곳

        10년 무명 생활 끝에 드디어 이름이 알려지기 시작했다. 기나긴 가뭄이 끝나고 비로소 물이 들어온 것이다. 방송이며 행사며 서울, 지방 할 것 없이 일이 갑자기 몰려들었다. 엄청난 폭우가 내려 가뭄에 닫아두었던 수문을 열면 물이 쏟아져 나오듯 한번 터지자 거침이 없었다. 명절에도 집에 못 가고 전국을 누비며 그동안 노래를 부르고 싶어도 부를 곳이 없어서 쌓여온 한을 풀어내듯 노래를 불렀다.

        한번은 서울의 한 주민 행사에 간 적이 있었다. 지역에서 하는 주민 행사일 경우 시간이 조금씩 지연되는 일이 생긴다. 앞 순서에서 밀리고 누가 말하느라 밀리고 술에 취한 사람이 나타나 예측할 수 없는 상황이 벌어지기도 한다. 그날 나는 마지막 출연자였는데 무대에 설 시간이 계속 밀리고 있었다. 시간에 맞춰 도착했지만 무대 의상을 갈아입을 곳이 마땅치 않았다. 할 수 없이 주변에 있는 화장실을 찾아 들어갔다. 안에서 옷을 갈아입고 있는데 밖에서 주고받는 말소리가 들려왔다. 목소리를 들어보니 얼큰하게 한 잔씩 하신 듯했다.

"오늘 금잔디 온다고 해서 왔는데 안 왔어? 왜 아직 시작도 안 하는 거야?"

"온다고 했으니 오겠지."

"아니, 그냥 온다고만 하고 안 오는 거 아냐? 금잔디가 이런 데 오겠냐고."

"이런 데가 어때서? 우리가 제일 보고 싶다고 해서 뽑은 가수잖어."

옷을 다 갈아입긴 했는데 나가야 할지 말아야 할지 망설여졌다. 시간이 늦어져서 화가 난 사람들이 많은 듯했지만, 아직 앞 순서가 끝나지 않았는데 초대 가수랍시고 빨리 하라고 재촉할 수도 없는 노릇이었다. 그런데 갑자기 누가 뛰어 들어오더니 막 소리를 치는 것이었다.

"빨리 와, 빨리! 이제 나오나 벼."

"뭐가 나와?"

"뭐긴 뭐여. 금잔디지."

"진짜 왔다고?"

"답답하기는. 여기서 이럴 게 아니라니까. 빨리 가자고."

멀리서 환호성 소리도 들려왔다. 나는 아직 화장실 안에 있는데 이게 무슨 소린지, 순간 당황했지만 아마 곧 시작된다 고 안내 방송을 한 모양이었다. 다행스럽게 그분들이 나가는 소리가 들려서 나도 밖으로 나왔다. 스타일리스트가 밖에서 기다리고 있다가 화장실 안으로 들어왔다. 화장을 고치려고 하는데 옆 칸에 누가 있는 듯했다. 문이 반쯤 열린 상태로 할 머니 한 분이 변기 안에 거의 고개를 들이밀다시피 하면서 앉 아 있었다. 마음은 급했지만 차마 그냥 두고 갈 수가 없었다.

"할머니, 할머니. 어디 아프세요? 왜 그러세요?"

"아니, 온다고 했는데 아직 안 왔나 봐."

"누가요? 누구 기다리세요?"

"금잔디, 금잔디 보고 싶어서 왔어."

금빛 행복을 드리는, 트로트 가수 금잔디입니다

"금잔디요? 이제 곧 나온대요. 다들 보러 갔어요."

내가 금잔디라는 걸 꿈에도 모르고 할머니는 겨우겨우 일어나더니 세면대로 가시는 것이었다. 할머니보다 내 마음이 더 급했다.

"할머니, 앞자리 다 뺏겨요. 얼른 가셔야 해요."

"악수. 악수해야지. 손 씻어야 해."

그 순간 울컥해진 마음에 하마터면 눈물이 날 뻔했다. 내가 뭐라고 이렇게 힘들게 기다리면서 악수 한 번 해보고 싶어 하시는 걸까. 무대가 끝난 뒤 악수하자고 수없이 내밀어지던 손이 이런 마음이었구나 싶었다. 예전에 엄마가 태진아 선배님 공연을 보러 가신 적이 있었다. 북새통을 이루는 사람들 틈에서 악수 한 번 하겠다고 손을 내밀었다가 태진아 선배님 손과 스친 적이 있었는데 얼마나 좋았는지 그 이야기를 두고두고 하셨다. 그런 엄마의 마음도 생각났다. 할머니를 모시고 나오는 내내 마음이 짠했다.

할머니를 모시고 무대로 왔는데 앞자리는 이미 사람들로 꽉 차 있었다. 아무리 찾아도 빈자리가 보이지 않아 대기실로 모셨다. 의자에 앉혀드린 뒤 눈을 맞추며 할머니 손을 꼬옥 잡았다.

"제가 금잔디예요. 할머니, 오늘 저 보러 오셨어요?"

할머니는 잠깐 어리둥절한 표정을 지으셨지만 내 얼굴을 빤히 보더니 곧 손뼉을 치셨다.

"왐마야! 진짜네, 진짜 금잔디여!"

"오늘 와주셔서 감사해요. 끝까지 기다려 주셔서 정말로 고맙습니다. 제 노래로 신나고 행복하게 해드릴게요. 즐겁게 들어주세요."

할머니는 얼굴 가득 웃음을 지으셨다. '기쁨'이라는 감정이 어떤 것인지 오롯이 느낄 수 있는 표정이었다. 무대에 오르기 전 다시 한번 할머니의 손을 꼬옥 잡아드렸다. 무대로 가는 내 발걸음이 그때만큼 벅찬 적이 없었다. 그날의 무대는 여전히 기억에 남아 있을 만큼 신이 났다. 내 노래를 부르는 무대라고 해서 그 무대가 나만의 것이라고 착각하면 안 된다. 스태프들과 함께 고생해서 만든 무대이기도 하지만 절대로 잊으면 안 되는 분들이 계시기 때문이다. 바로 나를, 내 노래를 기다려 주시는 분들이다.

내가 잘나서 무대에 서는 게 아니라 그 무대는 누군가의 기나긴 기다림으로 이뤄진다는 사실은 가슴이 먹먹할 정도로 눈물겨운 일이다. 나 혼자만 무대를 간절히 기다렸다고 생각

금빛 행복을 드리는, 트로트 가수 금잔디입니다

했는데, 무대에 서는 나를 기다려 주는 사람들이 있다는 것을 체험했다. 솔직히 그 전까지는 시도 때도 없이 사인이나 사진, 심지어 가족과 영상통화를 해달라는 무리한 요구를 받으면 속에서 짜증이 솟곤 했다. 그런데 나를 봤다는, 그 작은 일 하나에 진심으로 기뻐하시는 모습을 보고 난 뒤로는 앞으로 무슨 일이 있어도 팬들의 요청을 무조건 들어드리겠노라 결심했다. 나는 십몇 분 노래하고 내려가는 무대지만 그분들은 수십 배, 수백 배 더 오래 기다리셨을 테니 말이다. 그리고 그 기다림이 나에겐 더없이 소중한 원동력이 되었다. 세상에 나 혼자 애쓰고, 나 혼자 고군분투했다는 외로움에 빠져 있다가 혼자가 아니라는 사실을 알게 된 것이다. 정말 따뜻하고 행복한 날이었다. 할머니도 행복하셨을까? 그토록 기다리던 금잔디 손도 잡고 노래도 듣고 직접 말도 나눴으니 좋은 추억 하나 갖게 되셨을 거라고 믿어본다.

05

당신이 잘 지내면,
저도 잘 지냅니다

가수는 수많은 사람의 도움으로 만들어지는 직업이다. 한 곡의 노래가 탄생하기까지 얼마나 많은 과정을 거치는지 알면 아마 다들 깜짝 놀랄 것이다. 노래를 오래 할수록, 더 많은 무대에 설수록 내가 잘나서 지금 이 자리에 있는 것이 아니라는 사실을 절감한다. '가수'의 인생이 가수만의 것이 아니듯, 나 또한 나의 일생이 나만을 위한 것이 아니라고 생각한다.

이것은 내 주변 사람들과의 관계에서 더욱 명확하게 드러난다. 때로는 남을 도우면서 내 자신 역시 도움받는 순간들이 나타날 때, 사회 속에서 살아가며 상호 의존적인 관계를 형성한다는 사실을 더욱 깊이 깨닫는다. 친구, 가족, 동료, 이웃들과의 상호작용을 통해 영향을 주고받는다. 그래서 되도록 나는 건강하게 잘 지내려 한다. 나 자신이 잘 지내면 주변 사람들도 나와 함께 더 행복하게 지낼 수 있으니까. 마찬가지로 내 주변 사람들이 행복하고 안정적으로 살아갈 때, 그것은 나에게 긍정적인 영향을 미친다. 이런 원리를 주변 사람들과의 관계에서 느낀 적이 많았다. 그래서 나는 내가 더 나은 상태로 살아가는 것이 주변의 고마운 사람들을 더 행복하게 만드는 길이라고 생각한다.

이런 생각을 하며 살게 되기까지 많은 우여곡절을 겪었다. 어쩌면 지금의 평온은 힘든 시간을 잘 겪어냈기에 주어진 보상 같다고 생각한다. 나 혼자 힘을 내며 버텼기 때문이 아니라 내 주변을 지켜준 사람들 덕분이다. 많은 분들의 얼굴이 떠오르지만 가장 먼저 감사할 사람은 10년 넘게 묵묵히 매니저 역할을 맡아주고 계신 최지웅 이사님이다.

최지웅 이사님과는 내 인생에서 가장 최악이라고 말할 수 있는 시기에 만났다. 두 번째 앨범을 내면서 작은 회사와 계약을 했는데 말이 계약일 뿐 방치와 다를 바가 없었다. 아르바이트를 못 하게 하니 생활비는 떨어져 가고, 매니저와 연락이 안 되는 날이 많았다. 일이 조금씩 줄어들다가 언젠가부터는 거의 끊어지다시피 했다. 더 이상 가수 활동의 문제가 아니었다. 소속사에서 계약을 하려면 다른 일은 일절 하면 안된다고 못 박아서 하던 일을 다 정리했는데 막상 생존이 보장되지 않는 상황이 닥쳤던 것이다. 이때 내 멘탈도 정상은 아니었다. 겨우 잡힌 방송 무대에서 노래를 하다가 불러야 하는 곡의 음을 다르게 부른 일도 있었다. 몇 번을 다시 부르다가 마지막엔 숨이 쉬어지지 않아서 스태프들에게 거의 끌려 나가다시피 했다.

월세가 밀려 주인이 밤낮으로 문을 두드렸다. 집에 있다간 바로 들킬 것 같아 몰래 빠져나와 피시방과 찜질방을 전전했다. 옥수수 한 개를 쪼개 이틀이나 사흘에 걸쳐 나눠 먹으며 배고픔마저 의지로 버텼다. 아무리 힘든 시기였어도 미래를 생각할 여력이 있었는데, 이때는 정말 미래는 고사하고 당장 오늘도 어떻게 될지 알 수 없었다. 피시방과 찜질방에 갈 돈도 떨어져서 집에 돌아왔는데 그때 하필 주인과 딱 마주쳤다. 나를 보자마자 사납게 달려들면서 당장 월세를 내거나 아니면 방을 빼라고 소리쳤다. 그때의 서럽고 비참한 마음이란,

정말이지 겪어보지 않은 사람은 모를 것이다.

그런데 사람이 죽으라는 법은 없는지 바로 그 순간 이사님이 찾아오셨다. 당시 이사님은 내가 소속되어 있던 회사를 그만둔 상태였다. 회사 상태와 내 사정을 잘 알고 있던 이사님은 내가 어떻게 지내는지 걱정이 되어서 찾아온 길이었다고 했다. 내 모습을 보고는 잠시만 기다리라며 자리를 비웠다. 그러고는 잠시 뒤 돈을 들고 와 월세를 내주었다. 알고 보니 당장 현금을 구할 수 없었던 이사님은 본인이 걸고 있던 금목걸이를 팔아 월세 낼 돈을 마련해 온 것이었다. 물론 그 돈으로도 밀린 월세를 다 내기에는 턱없이 부족했지만 급하게 한숨 돌릴 수는 있었다. 이날 이후 간간이 서로의 안부를 묻다가 일산의 도원결의를 거쳐 본격적으로 함께 일하게 되었다. 소속사가 바뀐 지금도 내 옆에서 든든한 버팀목이 되어주고 있다. 이제는 힘든 일을 그만해도 되는데 다른 사람 손에 운전대를 맡기는 게 더 불안하다며 아직도 손수 운전을 해주신다.

사이가 좋은 만큼 나랑 티격태격할 때도 많다. 듣기 싫은 말인 줄 뻔히 알면서도 굳이 한마디를 얹어서 나의 성미를 자극할 때도 있다. '현실남매' 케미를 뽐내며 톰과 제리처럼 아옹다옹할 수 있는 것도 서로 마음 편히 속내를 보일 만큼 신뢰하기 때문이다.

20년 가수로 살아오며 여러 가지 순간을 겪었는데, 그중에서도 이사님과 함께한 시간이 어느덧 절반을 넘었다. 말하지 않아도 컨디션을 알아차리고 묵묵히 챙겨주는 사람이 있다는 것은 선물 같은 일이다. 이분의 지지와 도움이 없었다면 나는 훨씬 더 힘든 길로 돌아와야 했을 것이다. 부모님에게 살가운 말을 잘 못 꺼내듯이 이사님에게도 비슷하다. 언젠가는 말로 표현해야지, 생각만 하고 있었는데 우연히 라디오에서 라틴어 격언을 한마디 듣게 되었다. 원문은 금세 잊어버렸지만 작은 돌멩이가 호수에 파문을 만들 듯, 마음에 잔상을 남겼다. 예전에 로마 사람들은 이렇게 인사했다고 한다.

"당신이 잘 지내면, 저도 잘 지냅니다."

최지웅 이사님께도 이 말을 전하고 싶다. 그리고 살포시 한마디 더 덧붙여 본다.

"다정하게 안부를 묻는 담당 아티스트가 못 되어 미안합니다. 부디, 건강하게 오래 함께 일합시다."

06

잔디랑
오래오래
함께합시다

지금까지 살아온 인생을 돌아
보고 현재 가지고 있는 생각을 한 권의 책으로 담아보자는 제
안을 받았을 때는 솔직히 말도 안 된다고 생각했다.

"제 이야기를요? 누가 본다고 책으로 써요."

자세한 이야기를 듣기도 전에 손사래부터 쳤다. 내가 또
한 고집 하는지라 누가 뭐라고 해도 아닌 건 아니라며 듣지
않을 때가 있다. 좋게 말하면 신념이 있는 것이고, 나쁘게 말
하면 똥고집을 부리는 것이다. 신념이든 똥고집이든 내가 감
당할 수 있는 일이라면 두 눈 질끈 감고 도전해 볼 것인데 책

을 쓰는 일은 아무리 생각해도 상상이 가질 않았다. 내가 책을 쓸 만큼 뭔가 대단한 일을 한 것 같지도 않았고, 드라마틱한 인생사, 곡절 많은 인생이었다고 한들 나보다 더한 어려움을 겪은 사람들이 훨씬 더 많아서였다. 혼자 쓰는 일기라면 모를까, 세상에 펴낼 책으로 만들 만큼의 이야기는 없다고 생각했다.

그러다 생각을 바꾼 계기가 된 것은 감사함을 표현하고 싶다는 마음이 들었기 때문이었다. 그동안 정말로 큰 사랑을 받으며 살아왔는데 이 마음을 제대로 전해본 적이 한 번도 없었다. 이런 내 마음과 다르게 책을 읽으신 분들이 "제 얘기만 실컷 썼구만!"이라고 여기셔도 어쩔 수 없다. 그렇지만 적어도 나의 진심만큼은 꼭 전해졌으면 좋겠다.

한번은 행사를 준비하던 중에 스태프들을 보며 너무나 행복하다는 기분에 사로잡혔다. 그동안 수없이 해왔던 일이고, 그날도 다른 날과 크게 다름없는 일과를 보내고 있었는데 갑자기 그런 기분이 들어 이상했다. 코로나19 때 꽁꽁 묶인 듯 살아오다 오랜만에 자유로운 기분을 느꼈기 때문이었을까. 아니면 그날의 공기가 유난히 부드러워서였을까. 그냥 이유 없이 축복 속에 있다는 마음이 들었다. 내가 이런 자리에 있다는 사실이 당연하다고 여겨지지 않았다. 정말 많은 사람들의 도움 덕분에 내가 여기 있다는 사실을 잊지 말자고 생각했다. 눈에 보이는 도움뿐만 아니라 내가 모르는 곳에서 보이지 않는 도움은 또 얼마나 많았을 것인가.

〈영종도 갈매기〉로 첫 앨범이 나왔을 때 초대 가수가 되어 고향인 홍천에 간 적이 있었다. 처음 그 소식을 들었을 때는 가슴이 벅찬 한편 동시에 떨리는 마음이 컸다. 〈전국노래자랑〉 이후 '공식적으로' 서는 고향에서의 첫 무대였다. 가족, 친척들, 친구들, 지인들, 내가 태어나고 자라는 모습을 아는 사람들 앞에 선다는 생각만으로도 가슴이 두근거렸다. 가슴 깊은 곳에서 나온 노래가 고향 사람들에게 전해졌으면 했다.

노래가 끝난 뒤, 무대 뒤로 많은 사람이 다가와 축하 인사를 건네며 따뜻하게 안아주었다. 그때 누군가 내 이름을 부르며 반갑게 다가오셨다. 초등학교 4학년 때 담임선생님이셨다. 선생님은 손에 무언가를 들고 계셨는데 사과 모양의 종이였다. 그 종이에 내 이름과 꿈이 적혀 있었다. 어린아이다운 삐뚤빼뚤한 글씨로 적힌 꿈은 '가수'였다. 그 옛날에 쓴 종이를 선생님께서 간직하고 계셨던 것이다. 감격에 겨워 나를 꼭 안아주시며 "네가 꼭 할 줄 알았다"고 기뻐해 주셨다. 나도 잊고 있었던 어린 시절의 꿈을 누군가 잊지 않고 기억하고 있었다니. 깜짝 놀랐다. 이런 응원을 받으며 살고 있었다고 생각하니 나를 위해 박수 쳐주시는 한 분 한 분을 그냥 넘겨 볼 수가 없었다. 그동안의 고생이 눈물과 웃음 속에서 보답받는 것 같았다.

　나는 오래된 팬분들의 이름과 얼굴을 거의 다 기억한다. 하도 오래 보다 보니 어디서 만나든 가족이 왔다는 생각이 든다. 처음엔 팬클럽에 혼자 가입해 따로 보러 오셨던 분들도 공연장에서 자주 만나면서 친구가 되기도 한다. 혼자였다가 결혼을 해서 남편을 데리고 오기도 하고, 가족 모두가 팬이라 함께 오시기도 한다. 계절마다 지방 특산품을 보내주시는 팬들도 많다. 사과가 맛있게 익었다며 몇 박스씩 보내시거나 보기만 해도 윤기가 좌르르 흐르는 밤을 한가득 보내주신다. 시장에서 파는 것과는 비교도 되지 않을 만큼 싱싱하고 향긋하고 맛있다. 혼자 먹기는 또 아까워 그때 인연이 되는 분들과 나눠 먹는데, 받는 사람마다 놀란다.

　"세상에! 어떻게 이렇게 맛있을 수가 있어요!"

　사과면 사과, 밤이면 밤, 지금까지 먹었던 건 가짜였다며 울분(?)을 토하신 분들도 있다. 이런 반응을 접할 때마다 마치 내가 직접 기른 사람이라도 되는 양 어깨가 으쓱해진다. 팬들의 마음이 아니었다면 아마 나도 죽을 때까지 맛도 못 봤을 것이다.

모든 가수마다 특별하게 기억하는 팬들이 있을 것이다. 그 많은 이야기를 다 담을 수 없고, 어떤 특정한 분의 이야기만 하기도 어렵지만 그분들에게 갖는 고마움에는 차별이 없다. 그게 바로 팬과 가수의 특별한 유대감인지도 모르겠다. 누군가는 스타와 팬의 관계를 우열관계로 착각하기도 한다. 최애를 위해서라면 얼마든지 지갑을 열겠다는 분들도 있지만 좋아하는 마음을 그런 방법으로 표현한 것일 뿐 돈으로 다 살 수 있다고 생각하거나 물질적인 것으로 관심을 끌어보겠다는 마음은 아닐 것이다.

마찬가지로 나 또한 팬들이 보내주는 성원과 선물을 당연하게 여기지 않는다. 박수를 받는 사람은 처음부터 내 것이 아니었던 것을 내 것인 것처럼 여기거나, 당연하지 않은 것을 당연한 것처럼 누리게 되는, 아주 위험한 상황에 빠지기 쉬운 듯하다. 정신 똑바로 차리지 않으면 세상 뭐라도 된 것처럼 현실을 잊고 붕 뜬 채 살아갈지도 모른다.

내가 받는 사랑이 거저 주어진 것이 아니고, 아무렇게나 온 것이 아님을 알기에 나를 지지해 주시고 격려해 주시며 아낌없는 사랑을 보내주시는 분들의 마음이 귀하디귀한 것인 줄 안다. 내 노래를 들으면서 통증을 버텼다는 분, 투병 중에 내 목소리를 들으며 긍정적인 생각을 하면서 지내다가 정말로 병이 다 나으셨다는 분, 말기 암을 발견해 수명이 한 달도 채 남지 않았다는 시한부 선고를 받고도 몇 달을 더 버티셨던 분 등 수도 없이 놀라운 만남이 많았다. 우울증을 오래 앓다가 건강해지셨다며 분에 넘치게 이런 말씀을 해주신 분도 계셨다.

"자네가 마음을 고치는 의사네, 의사."

내 노래가 누군가에게 힘이 되고, 위로가 되기를 바랐는데 소원이 이루어졌을 뿐만 아니라 더 크고 뜨거운 사랑으로 돌려받은 것이다. 노래하며 살아오길 잘했다고, 몇 번이나 생각했다. 노래는 누구나 부른다. 목소리만 낼 수 있으면 누구든 부를 수 있다. 노래를 잘 부르는 사람도 있고 못 부르는 사람도 있지만 노래로 감동을 주는 사람은 드물다. 감동을 주는 노래는 진심을 담은 노래다. 그래서 노래는 쉬운 일이지만 쉬운 일이 아니다. 20년 넘게 노래를 부르며 살아온 나에게도 여전히 노래는 미지의 영역이다. 그래서 오늘도 나는 노래를 부른다. 어제보다 더 좋은 노래를 부르려고 애쓴다. 잘 부르지 못하더라도 마음을 담아 제대로 부르고 싶어서이다. 나는 어설프고 부족할지 몰라도 내가 애쓴 마음은 사라지지 않고 내 노래에 담길 것이라고 믿는다. 애쓰고 애쓴 것은 결코 사라지지 않는 법이니까.

"우리 지금까지 참 애쓰며 살아왔어요. 그러니 조금만 더 힘내어 살아보아요. 잔디랑 오래오래 함께해요. 제가 옆에서 힘이 나는 노래, 위로가 되는 노래 불러드릴게요."

마지막 계단
하나는 남겨두고

몇 년 전부터 트로트 경연대회 가 하나둘 생기는가 싶더니 〈미스터트롯〉, 〈미스트롯〉을 기 점으로 트로트 경연대회 전성시대를 맞았다. 하루 만에 새로 운 스타가 탄생하는 모습을 보기도 하지만, 너무 많은 방송이 생기다 보니 이게 그건지 저게 이건지 헷갈리기조차 한다. 출 연자들도 다양해졌다. 정통 트로트 가수는 물론 발라드나 아 이돌 출신, 성악가에 발레리노까지 '무한대'라고 할 정도로 넓어졌다. '트로트의 저변이 이렇게나 넓어졌구나' 하는 생각 에 뿌듯하기도 하고 현재의 분위기가 좀 얼떨떨하기도 하다.

트로트 열풍이 거세다 보니 경연 프로그램에 심사위원으로 올 수 있냐는 요청을 종종 받는다. 인지도를 높일 수 있는 좋은 기회이지만 "저는 못 하겠습니다"라고 정중하게 거절한다. 코치나 도우미 역할 정도는 할 수 있지만 심사할 능력은 안 된다고 생각하기 때문이다. 나도 필드에서 뛰는 선수인데 조언을 하고 심사를 한다는 게 조금 민망하기도 하다. 재능이 뛰어나다면 나보다 뛰어난 친구들이 더 많다. 참가자들을 보면 정말 입이 떡 벌어질 만큼 잘하는 친구들이 있는데 왜 여태 뜨지 못했는지 의아할 정도다. 노력을 한다면 내가 더 해야 한다. 그런 사람들을 심사하다니, 어불성설이다.

연륜이 깊고 경력이 높은 선배님들이 "진짜 이렇게도 저렇게도 다 해보니까 이런 것이 보인다. 이것만큼은 고치는 게 좋다"는 조언을 해줄 수 있다고 생각한다. 그런데 내가 나서서 누군가를 심사한다는 것은 웃자고 하는 콩트에 불과하다. 자칫 잘못하다가는 재능 있는 친구들에게 조언이라는 명목으로 오히려 잘못된 이야기를 할 수도 있다. 맞지 않는 조언 때문에 가야 할 길을 멀리 돌아간다면 그것만큼 미안하고 죄스러운 일이 또 있을까. 잘되기를 바라고 등을 밀어주지는 못할망정 앞길을 막아설까 봐 조심스러운 마음이 크다. 그 사람을 위해 어떤 말을 한들 그게 전부 다 도움이 될 리도 없다.

"이게 다 너를 위해서 하는 말이야."

나 또한 이런 말을 종종 들었다. 그런데 이런 말을 하는 사람치고 정말 나를 위한 말을 하는 사람은 극히 드물었다. 심지어 솔직함을 무기로 상처를 주는 사람들도 많았다. 정말 나를 위하는 사람은 쉽게 입을 열지 않고 옆에서 묵묵히 지켜봐 주었다. 진짜 조언을 들으면 당장은 아프더라도 기분이 나쁘진 않다. 내가 알고 있지만 고치지 못하는 습관일 때가 대부분이기 때문이다. 그러나 말은 나를 위한다고 하면서 사실은 자신의 이익을 우선하는 사람들이 하는 말은 왠지 모르게 찜찜하다.

사람을 대놓고 의심하는 버릇은 없지만 그래도 나는 나의 감각을 신뢰하는 편이다. 판단은 잘못할 수 있고 생각도 나를 헷갈리게 할 수 있지만 위험을 감지하는 본능은 이성보다 정직하게 알려주는 '센서'와 같기 때문이다. 어렸을 때부터 집안의 빚을 갚느라 수없이 많은 아르바이트를 했던 일도, 가수가 된 이후에 굴곡을 많이 경험한 것도, 성공을 거두었지만 연달아 뼈아픈 실패를 거듭한 것도 이런 센서를 키우는 데 약이 된 면이 있는 것 같다.

에필로그

·

207

놀이동산의 롤러코스터를 타듯, 위로 확 끌어올려졌다가 갑자기 바닥으로 추락하는 일을 여러 번 겪어서인지, 너무 꿈 같고 기적 같은 일을 겪다가 순식간에 나락으로 떨어지는 삶을 살아와서인지, 누군가를 무조건 신뢰하거나 무조건 불신하는 일이 없어졌다. 누군가는 이런 나를 보고 대담하다든가 대장부의 면모가 있다고 농담 삼아 말하지만 사실은 속도 여리고 눈물도 많다. 겉으로 상처받지 않은 것처럼 보인다고 해서, 속도 말짱한 건 아니다. 속까지 썩어 문드러졌다는 게 알려지면 정말 살 수가 없을 것 같아서 애써 외면하며 웃는 얼굴로 사람들을 대할 때도 있었다. 이런 말을 하면 누군가는 또 가식 떤다고 말하겠지만, 어떻게 하겠는가. 이것이 솔직한 나의 심정이니 말이다.

나를 외향적인 사람으로 보는 분들이 많지만 사실 나는 은근히 낯가림이 심하다. 무대에서 노래 부르는 일을 하는 사람이 남들 앞에 나서는 걸 좋아하지 않는다고 하면 이상하다고 생각할 것이다. 하지만 가수든 배우든 연예인 중에는 내향적인 사람이 굉장히 많다. 새로운 사람을 만나는 것도 어려워하고 오랫동안 만나오던 사람들을 주로 만나는 등 인간관계가 그리 넓은 편이 아니다. 어렸을 땐 그러지 않았

에필로그

•

던 것 같은데 세파에 시달리는 동안 성격이 조금 변한 건지도 모르겠다.

누군가는 나를 '성공한 가수'로 보겠지만, 성공과 실패는 양날의 검과 같다. 무대 위에서 박수를 받으며 많은 사람들에게 칭찬받으면 기분이 좋은 것은 사실이다. 어쩔 땐 내가 뭐라도 된 것처럼 어깨가 으쓱 올라가고 세상을 다 가진 듯한 착각에 잠시 빠지기도 한다. 너무 행복하고 좋아서 이런 기분을 계속해서 느끼고 싶다는 마음도 든다. 성공이 주는 중독성이 있는 것이다. 그래서 쉽게 얻은 성공일수록 빠르게 도취되기 쉽다. 그 기분을 느끼지 못하는 것만으로 불안해지기도 한다. 연예인은 성공의 정점에 서 있는 사람들처럼 보이지만 성공의 기회가 있는 만큼 불안도 크다. 어제 나를 보며 환호하던 사람들이 언제 등을 돌릴지 모른다는 두려움을 안고 살아가기 때문이다. 그래서 이 불안에서 도망가고자 또 다른 성공, 더 큰 성공을 끝없이 바라는 것인지도 모른다.

이렇게 아슬아슬한 곳이 가요계이고, 버티기 힘든 곳이 연예계지만 그래도 실력 있는 후배 가수들이 하나둘 제자리를 찾는 것을 보면 '역시는 역시'라는 생각이 든다. 시간이 걸려도 자신의 보폭에 맞춰 자기 자리를 만들며 필드에 남는 사람들은 공통점이 있다. 아무리 작은 무대여도 최선을 다하고, 주변 사람들을 소중히 여기며, 자신의 목소리로 노래한다는 것이다. 한 번의 행운은 우연히 주어지지만, 오래가는 행복은 스스로의 힘으로 만들어 가는 것임을 알고 있기 때문일 것이다. 이런 진정성을 가진 사람들은 언젠가는 반드시 빛을 발한다. 나도 스타가 되고 싶고 빨리 인기를 끌고 싶어 조급해할 때가 있었다. 힘든 일을 겪지 않았다면 굉장히 건방지고 도도한 인간이 되어 있을지도 모른다. 그러나 다행스럽게도 노래를 향한 나의 진정성이 나를 지켜주었다. 단순하게 말하자면 '좋은 노래를 부르고 싶다'는 마음이었다.

영원히 무대에 머무르는 가수가 없는 것처럼, 언젠가는 나도 무대에서 내려갈 때가 올 것이다. 노래를 더 이상 부르지 못하게 되는 일뿐만이 아니라 세상에 태어난 이상 언젠가는 삶이라는 무대에서 내려가야 한다. 그날이 언제가 될지 모르지만, 아직 내게는 노래를 부를 수 있는 오늘이 있다. 여전히 내가 오르고 싶은 무대가 있다. 그 무대는 특정한 장소가 아니다. 이미지로 표현하자면 끝없이 펼쳐진 계단과 같다.

계단을 하나씩 오를 때마다 나는 새로운 노래를 만났다. 정통 트로트를 만난 계단도 있고, 세미 트로트를 만난 계단도

에필로그
•

있다. 메들리로 이어지던 계단도 있었지만 한동안 가만히 머물러야 했던 계단도 있었다. 자의로 올라간 적도 있었고, 타의로 올라가야 했던 적도 있었다. 올라간다고 해서 더 나아지는 것은 아니었고 성공이 보장된 것도 아니었다. 그저 한 발한 발, 한 계단, 한 계단 성실하게 올라왔다. 어디까지 갈지알 순 없지만 마지막 계단 하나는 항상 남겨두고 싶다. 나이가 들어도 새로운 노래를 만나 도전할 수 있다면 거기가 바로내 자리, 내 무대일 터이니.

금빛 행복을 드리는, 트로트 가수 금잔디입니다
·

금빛 행복을 드리는,
트로트 가수 금잔디입니다

초판 1쇄 인쇄 2024년 2월 22일
초판 1쇄 발행 2024년 2월 29일

지은이   금잔디
구성   스토리베리

편집인   이기웅
책임편집   안희주
편집   주소림, 양수인, 김혜영, 한의진, 이원지, 오윤나, 이현지
디자인   여상우
책임마케팅 김서연, 김예진, 김지원, 박시온, 류지현,
            김소희, 김찬빈, 배성원, 박상은, 이서윤
마케팅   유인철
경영지원   박혜정, 최성민
제작   제이오

펴낸이   유귀선
펴낸곳   ㈜바이포엠 스튜디오
출판등록   제2020-000145호(2020년 6월 10일)
주소   서울시 강남구 테헤란로 332, 에이치제이타워 20층
이메일   odr@studioodr.com

ⓒ 금잔디

ISBN 979-11-93358-66-5 (03810)

스튜디오오드리는 ㈜바이포엠 스튜디오의 출판브랜드입니다.